SARA JORDANI

ATRAVESSAMENTOS INDESEJÁVEIS

Copyright © 2022 de Sara Jordani
Todos os direitos desta edição reservados à Editora Labrador.

Coordenação editorial
Pamela Oliveira

Preparação de texto
Daniela Georgeto

Assistência editorial
Leticia Oliveira

Revisão
Larissa Robbi Ribeiro

Projeto gráfico, capa e diagramação
Amanda Chagas

Imagens da capa
agsandrew (Istock)

Dados Internacionais de Catalogação na Publicação (CIP)
Jéssica de Oliveira Molinari - CRB-8/9852

Jordani, Sara
  Atravessamentos indesejáveis / Sara Jordani. — São Paulo : Labrador, 2022.
  96 p.

ISBN 978-65-5625-250-6

1. Literatura brasileira 2. Autoconhecimento 3. Espiritualidade I. Título

22-2959   CDD B869

Índice para catálogo sistemático:
1. Literatura brasileira

Editora Labrador
Diretor editorial: Daniel Pinsky
Rua Dr. José Elias, 520 – Alto da Lapa
05083-030 – São Paulo – SP
+55 (11) 3641-7446
contato@editoralabrador.com.br
www.editoralabrador.com.br
facebook.com/editoralabrador
instagram.com/editoralabrador

A reprodução de qualquer parte desta obra é ilegal e configura uma apropriação indevida dos direitos intelectuais e patrimoniais da autora. A editora não é responsável pelo conteúdo deste livro.
Esta é uma obra de ficção.
Qualquer semelhança com nomes, pessoas, fatos ou situações da vida real será mera coincidência.

*"Tudo aquilo que o homem ignora
não existe para ele.
Por isso, o universo de cada um
se resume ao tamanho do seu saber."*

Albert Einstein

Agradecimentos

Expresso minha gratidão aos incríveis profissionais e professores que, com o passar do tempo, se tornaram verdadeiros amigos: Márcia Gregório, Arlindo Matheus Marcon Junior, André Fun King Su, Antônio Feller, J. S. Godinho e Pedro Pavan. Vocês foram fundamentais na minha jornada de aprendizado. Agradeço pelas incontáveis vezes que me resgataram do vale das sombras, pelo cuidado e pela excelência sempre presentes em seus trabalhos.

Sumário

Apresentação — 9
A protagonista — 12
Em versos me apresento a você — 15
De repente acessos — 19
Atravessamentos indesejáveis — 21

[ACESSO UM]
Um mestre das trevas — 24
Defesas — 39
Resiliência — 47

[ACESSO DOIS]
Convite para a morte — 48
Mente suicida — 49
Laço invisível — 61

[ACESSO TRÊS]
Porta adentro — 64
Estranhos no lar — 67

[ACESSO QUATRO]
Teatro em chamas — 68
Uma cena inusitada — 72

[ACESSO CINCO]

Travessia pela água   73
A passagem   76

[ACESSO SEIS]

O sussurro das almas   77
Atacama   83
Consciente de consciências   90
O outro lado   94

Apresentação

Este livro relata histórias reais, porém incomuns, vividas por uma pessoa comum, que, sem querer, tocou outras dimensões e se deparou com atravessamentos indesejáveis por toda a parte. Experiências que, quando vividas, geralmente não são compartilhadas ou, quando o são, morrem no silêncio das paredes de um consultório ou no ouvido de um amigo íntimo.

Esta obra fala sobre o contato com o universo sutil, que nem sempre é suave. As experiências relatadas irão te conduzir para outras realidades e o farão extrapolar os limites da mente humana sobre o que é real e o que é possível, aqui e agora. Ela retrata a realidade sobre a existência de outros planos para além do mundo físico, que nos atravessam diária e constantemente, sendo o acesso consciente ou inconsciente, permitido ou indesejado.

Viver experiências para além do físico nem sempre é uma escolha, às vezes é simplesmente o destino batendo à porta. E, por sorte, se assim pode-se afirmar, cada um é capaz de definir sobre como agir diante do que a vida lhe traz. E quando isso acontece, extrapolar os horizontes sobre o que é certo ou errado, científico ou espiritual, religioso ou pagão, bom ou ruim é uma forma de trazer harmonia para o caos que se instalou.

É sabido que, quando se trata do universo sutil, em geral, não se tem controle sobre o que se vê, o que se sente ou escuta. Pois, para além da vontade individual, existe o universo que nos rodeia e muito sobre ele ainda é ignorado, desconhecido e subjugado.

As manifestações podem ser diversas, por exemplo, ver espíritos, ouvir vozes, ter sensações esquisitas repentinas no corpo, como calafrios, sonolência ou bocejo súbito, dores ou pontadas repentinas, projeções astrais, sonhos lúcidos ou premonitórios. Os atravessamentos de consciências que não têm um corpo físico, por alguns denominados de espíritos, almas penadas, fantasmas, entidades, obsessores, quiumbas, entre outros nomes, podem levar pessoas a um estado de total desordem psíquica e emocional. Foi assim durante muitos séculos na sociedade.

O propósito destas linhas não é convencer ou provar algo, mas, sim, aliviar a dor, o medo, o desespero e a incompreensão daqueles que passam por experiências semelhantes e não fazem ideia do que é ou como agir. O objetivo é ser um instrumento de desconstruções de verdades absolutas, intransponíveis e solidificadas presentes na sociedade, propagando, dessa forma, o esclarecimento sobre outras realidades que nos cercam.

O livro *Atravessamentos indesejáveis* representa um lampejo de luz necessário para atravessar momentos de escuridão do corpo, da mente e da alma, para os quais a ciência ainda não trouxe explicação. Em síntese, propõe uma abertura consciencial sobre acessos de consciências que não têm um corpo físico por meio de relatos de experiências reais vividas pela protagonista.

É válido ressaltar que o contato com o invisível não é composto apenas por aspectos ruins, há experiências incríveis. No entanto, por vezes, o sofrimento também se apresenta. Nessas condições, muito do que a vida traz precisa ser transcendido, transformado. E, mesmo tendo que inverter o sentido do tornado que se aproxima, tudo vale a pena.

Saiba que a travessia pelo vale das sombras é uma oportunidade de fortalecimento e amadurecimento pessoal. Quando vivida com consciência, a serenidade estará te esperando ao final do caminho. Portanto, a dica é: trate-se com carinho e escute os sinais do seu corpo, uma hora o mal-estar ficará apenas no passado. Acredite: transmutar é possível.

A PROTAGONISTA

Ella é uma mulher com histórias incomuns. Desde jovem, percebia seu corpo como uma espécie de portal pelo qual atravessavam emoções e sensações de todos os tipos, e muitas delas requeriam ser transmutadas. Porém, foram anos até aprender a usar o seu potencial.

Quando criança, tinha medo de espíritos, e como foi morar sozinha ainda jovem, teve de aprender a lidar com esse temor. Ela não era o tipo de pessoa que via espíritos ou falava com entidades, mas só de pensar na possibilidade de um dia vê-los ou escutá-los já era o suficiente para passar mal.

O pavor se manifestava no corpo e na mente. O medo a paralisava. Não tinha estrutura psíquica nem emocional para lidar com essa questão. E isso a afetava de uma forma muito profunda, pois, até ali, não havia identificado de onde vinha todo esse sentimento.

Na vida adulta, percebia sintomas em seu corpo quando frequentava determinados locais ou estava ao lado de determinadas pessoas. Mas nunca chegou a ver espíritos ou, da forma como aqui está sendo apresentado, uma consciência sem um corpo físico.

Medrosa, evitava filmes, histórias e livros de terror, ou qualquer outra situação em que pudesse sentir medo. Mas, apesar de toda essa blindagem, o sentimento era inevitável, e isso a levou a desenvolver formas de conviver com ele.

Mesmo com seus constantes questionamentos, Ella não conseguia identificar quando isso tinha começado, a sensação era de que o medo a havia acompanhado a vida toda, feito uma sombra que a seguia aonde quer que ela fosse, independentemente da casa, da cidade ou do país em que morasse. Alguns períodos eram mais assombrosos e outros mais tranquilos. E, dessa forma, a vida ia acontecendo.

Sem dúvidas, sentir era uma habilidade aguçada de seu corpo, o que, infelizmente, ocorria independente de sua vontade. Em geral, ela sentia o que para os outros passava despercebido. Isso foi a marca de sua existência. Sentir o que para os outros nem sequer existia. A sensação era de que tudo lhe atravessava de forma muito profunda, e isso lhe causava terrível incômodo. O corpo padecia em silêncio. A mente questionava.

Durante esses episódios, o mal-estar físico era imediato: ondas de calafrios e arrepios, dormências, aperto no peito, angústia e bocejos. Sintomas de que algo invisível estava acontecendo. Por anos, a incompreensão e os atravessamentos a atormentaram, ambos fontes recorrentes de desconfortos.

Nenhuma explicação vinha do mundo que a cercava. Pais, escolas, igrejas, amigos, parentes, todos ignoravam o que acontecia com ela. Pior do que isso, muitos a julgavam, condenavam e criticavam. Aquilo não era de Deus, diziam.

As experiências chegaram de forma inesperada e indesejada. E a resistência, o desconhecimento e as crenças limitantes em relação ao universo sutil tornaram ainda pior o que já era ruim de se viver. Mas, gostando ou não, isso faria parte do seu existir. Então, só lhe restava buscar formas de amenizar essas experiências.

Em algum momento, Ella compreendeu que os atravessamentos independiam de sua vontade. Simplesmente aconteciam. E, com o tempo, percebeu que aceitar era melhor do que negar.

Depois de muito penar, aprendeu que o seu corpo era um potente processador de energias e que cabia a ela dar os comandos certos para transmutar o que chegava, fossem emoções, sensações ou consciências. Assim, um dia após o outro, começou a construir uma nova realidade.

Então, não de repente, mas paulatinamente, o medo passou a ser parte de seu passado, o presente se tornou fonte de aprendizados inesgotáveis e o futuro, uma possibilidade de transformação sem precedentes, pois constatou que não há mal que não acabe sob o resplandecer de um ser consciente.

Em versos me apresento a você

A criança veio ao mundo
A menina chegou com tudo
Viveu o presente sem preocupações com o futuro
A primeira infância foi sob a luz do sol,
brincando em cima dos muros
Tudo era prazer até cruzar a rua ao anoitecer.

Anos de escuridão, em silêncio decidiu permanecer
Na adolescência, a solidão lhe fez padecer
Sem amigos, escondia-se atrás de seus porquês.
A realidade era dura, seus olhos se fechavam para não ver.

A fase adulta chegou sem ela perceber
Viu sem sentir, sentiu sem ver, outros mundos
se formando no alvorecer.
Sentiu o sangue ferver, a boca notou emudecer
Perdida, sem rumo, seguia a buscar o tal
do propósito de viver.

Dias de angústia a fizeram perecer
Os novos mundos a atravessam no silêncio do seu ser
Laços invisíveis tornavam-se visíveis ao tocarem seu corpo
sem prazer
Inquieto e amedrontado, segue calado,
tentando o mal-estar desfazer.

Até ali ninguém nunca lhe explicou como proceder
Que tempos são esses escurecidos?
A garota precisava desvendar antes de enlouquecer.

Consciências inconscientes a cercavam
Reunidos, espíritos desvanecidos,
Aprisionados, mesmo sem um corpo físico
Buscavam desesperadamente o seu renascer.

O preço é alto para alguns se libertarem, outros irão adoecer
Goste ou não, essa é a forma de o universo proceder
Muitos como ela aprenderam na marra o que fazer.

Desejosa por desvendar o que a atravessava sem querer
Padecia sem ter para onde correr
Algo a atormentava sem deixar vestígios
Descredibilizando-a aos olhos antes amigos
Que, diante da nova realidade,
A julgavam mesmo sem querer.

Décadas se passaram até começar a compreender
A sensibilidade é parte do seu viver
Quem sabe um dia possa dela se desfazer
Mas, até lá, precisará encontrar um jeito para a atual realidade transcender.

Na vida adulta, sons guturais aprendera a dizer
Sua criança finalmente voltara a crescer
A adolescente, agora, se permitia receber
E a mulher seguia na desconstrução dos seus porquês.

Livre de suas próprias angústias, finalmente aceitara conviver
Conviver com o que fora parte do seu sofrer
Humanos, pouco a pouco, a aproximação ressignificou
o desprazer
Novas interações permitiram o preenchimento deste ser.

Uma nova história ela pretendia escrever
Dona do seu nariz, impelida a um ardente florescer
A vida precisava ter sentido, ela sabia, estava muito além
do que afirmavam ser
Era aqui, neste instante, que ela desejava usufruir
ao seu bel-prazer.
E foi contando a sua história, as linhas em formato de prosa,
Que, com gozo, reassumiu o seu poder.

Ocupou lugares e espaços, novas vozes a fizeram perceber
O entardecer agora florido, livre das agruras do seu destino
O amanhecer trazia consigo o despertar do que outrora
era impossível receber.

Na vida, ela enxerga a pura efemeridade do ser.
Mudanças são constantes, a ideia é fazer você se mexer,
O mundo gira e convida a todos o mesmo fazer.
Mova-se. Caminhe em direção à plenitude do seu ser!

No entanto, esta é apenas parte da história
O restante encontrarás nos textos afora
Páginas abaixo irão fornecer
Experiências estranhas,
Sim, todas elas fizeram parte do seu viver!

Acredite ou não,
Foram essas experiências que a levaram até você.
O livro corre mundo afora
E ela segue a viagem em busca do seu amadurecer
Ambos infinitos universos
Dentro e fora
Fontes inesgotáveis do saber.

De repente acessos

A vida seguia seu curso normal, estudos, namoro, trabalho, amigos e viagens. É verdade que muita tensão existia ao seu redor, mas Ella buscava ajuda através de diversas formas de terapia.

Procurava há alguns anos um novo sentido para sua vida. Por vezes, era acometida por um vazio existencial gigantesco, como se nada em sua realidade fizesse sentido. Sua alma gritava sedenta por mudanças.

Aos olhos das pessoas que a cercavam, ela tinha uma vida perfeita. Mas nem tudo é o que parece ser, o mundo para ela representava uma angústia visceral, e, para o azar dessa pobre alma, muito em breve sua realidade se tornaria completamente diferente de tudo o que ela tinha como referência, bagunçando ainda mais sua existência.

E foi de repente, do dia para a noite, que acessos de consciências sem um corpo físico ocorreram. Ella não estava preparada. Mas quem é que está? Consciências atormentadas, sedentas por libertação, se aproximam de pessoas comuns como Ella, e geram um desconforto tremendo, virando sua vida de cabeça para baixo. E foi assim que se deu o início desta história.

Sem preparo e sem estrutura emocional para lidar com acontecimentos dessa forma, a vida trouxe o que seria um de seus maiores desafios: entender o que estava acontecendo no seu dia a dia e construir formas de amenizar essas experiências.

A construção do conhecimento que a permitiu viver tais episódios com menos sofrimento levou anos. No começo, foi simplesmente perturbador. Em muitos momentos, ela acreditou que não daria conta de lidar com a realidade que vivia. Mas sua determinação e coragem foram decisivas para ressignificar essas experiências e manter o equilíbrio em sua vida.

Atravessamentos indesejáveis

Não me contaram pelo que passaria
Consciências me atravessam noite e dia
O que faço para meu corpo blindar?
Respostas são tudo o que almejo encontrar.

Sinto-me algemada dentro da minha própria vida
Meu corpo sendo acessado
Socorro, que agonia!
Estranhos invasores
Presentes sem uma vida.

Assombrada, questiono
O que querem agora?
Por favor, sigam embora,
Busquem outra saída.

Os sinais são recorrentes
O corpo denuncia quando o contato se aproxima.
A cabeça dói
O peito grita
Até a mente se apavora
Esquisitices do meu dia a dia.

A paz se desfez em plena luz do dia
O corpo desprotegido com medo se arrepia
Eu ordeno que me deixem de fora
De nada adianta, por eles nunca sou ouvida.

O espaço antes vazio agora foi ocupado
E nesse momento me pergunto
O que será que fiz de errado?

Eu nego
Mas isso de nada alivia
Descubro que o invisível em todos os espaços presente está
Não adianta essa realidade ignorar
E, goste ou não,
Essa experiência terei que atravessar.

Passageiros, livres do corpo, aprisionados pela mente
Assim se apresentam
Consciências desassossegadas
Que buscam o fim do seu aprisionamento.

Almas sedentas por liberdade
Ignoradas
Clamam atormentadas
Enfurecidas, revoltadas
Transferem ao se aproximar
Toda a carga da qual querem se livrar.

Meses de acessos, e enfim é revelado
Meu corpo físico por vezes será atravessado
Aceitar alivia o processo
Libertá-las é parte do combinado em um passado pactuado.

A súplica ocorre de ambos os lados
Os que querem este plano deixar e eu que sou acessada sem desejar.
Vivo no dilema: negar ou simplesmente aceitar
Eita mundo bizarro esse em que eu vim parar.

[ACESSO UM]
Um mestre das trevas

A despedida da sessão semanal com a psicóloga era para ter sido como de costume, no entanto, Ella recebeu um convite inusitado antes de deixar o consultório.

— O que você acha de participar de um ritual de Ayahuasca? Eu te acompanho. Pense com carinho, pode te ajudar a lidar melhor com alguns de seus aspectos controladores — diz a psicóloga.

Ella respira fundo. Promete que vai pensar no convite e pede alguns dias para decidir. Havia uma relação de confiança estabelecida entre elas, seria difícil negar o convite.

Além de psicóloga, aquela profissional tornara-se também sua amiga, e era evidente que alguns limites tinham sido transpassados por ambas. Não havia culpados, apenas um movimento natural daquela relação, na qual se criou profunda intimidade e troca.

O convite representava um enorme desafio. Ella nunca tinha passado por uma experiência como aquela: a ingestão de uma bebida que induzia à alteração de consciência, com possíveis efeitos colaterais sobre o corpo físico; vômito, sonolência e diarreia eram alguns deles.

E, para além dos efeitos físicos, representava um conflito pessoal gigantesco. Ir àquele ritual de Ayahuasca era como estar na contramão de tudo que sua mãe havia lhe ensinado até a adolescência sobre o que era "coisa de Deus". Por isso, aceitar o convite representava transpor crenças fortemente enraizadas em seu inconsciente a respeito do que é certo ou errado, bom ou mau.

Mas a vontade de fazer suas próprias escolhas, além da curiosidade e do genuíno desejo de transmutar o seu excesso de controle, a levou a aceitar o convite e, de forma comprometida, a se preparar para a cerimônia.

As recomendações para participar do evento eram claras: passar pelo menos três dias sem comer carne, sem ingerir bebidas alcoólicas e sem praticar sexo. Ella era uma pessoa disciplinada e atendeu às solicitações.

O dia da cerimônia chegou. Ella se deslocou até o local, era uma cidade vizinha, em um sítio um pouco afastado, cerca de duas horas de sua casa, onde encontrou a psicóloga. Foram recebidas pelos organizadores e Ella foi apresentada ao mestre de cerimônia. Eles trocaram algumas palavras. Ella sentiu-se intimidada e pouco à vontade diante dele. Foi um primeiro contato desconfortável, mas ela não sabia explicar o porquê.

O salão onde estavam era feito de madeira e alvenaria, com uma abertura nas laterais. Havia uma cozinha e alguns banheiros, uma mesa comprida no centro, onde ficavam as pessoas que coordenavam o ritual. Após os cumprimentos, todos se sentaram. De um lado do salão, somente mulheres, e do outro, somente homens. Eles explicaram que essa separação era necessária para não misturar as energias masculinas com as femininas durante o ritual.

A cerimônia foi iniciada. Uma fila se formou para que fosse feita a ingestão do chá da Ayahuasca, bebida composta pela mistura de um cipó — o Mariri — com uma árvore — a Chacrona.

Como era sua primeira vez, Ella tomou menos de dez mililitros, o que era considerado pouco. Ela decidiu ser prudente, pois não sabia como seu corpo reagiria à bebida, além do desejo de evitar um de seus maiores medos: perder o controle sobre o próprio corpo.

Depois de servidos, todos se sentaram novamente. Pela quantidade de chá e pela personalidade controladora de Ella, os efeitos físicos e psíquicos foram mínimos, e ela permaneceu desperta durante toda a cerimônia. Estava consciente de tudo que ocorria a sua volta e ouvia com curiosidade o desenrolar da celebração.

Um homem de uns trinta e poucos anos sentado do outro lado do salão lhe chamou atenção. Fixando o olhar naquele estranho, Ella percebeu semelhanças entre o homem e seu irmão, e, de forma inesperada, passou a ouvir a voz de sua falecida mãe. Isso nunca havia ocorrido até aquele momento. A voz dizia:

— Faça as pazes com seu irmão, filha. A namorada dele está grávida. Procure-a, se aproxime, faça sua parte. Em breve você ganhará um sobrinho.

De perfil, o homem lembrava o irmão de Ella, eles não se falavam há algum tempo. Apesar disso, Ella tinha descoberto recentemente que ele seria pai, seu primogênito estava a caminho, mas nem diante da novidade um deles conseguia dar o passo inicial para a reaproximação.

Ouvir a voz de sua mãe dando direcionamentos sobre como agir estava fora de qualquer expectativa de Ella para aquela cerimônia. Ela nunca havia imaginado isso. E se sentiu tocada, de certa forma.

Além da voz de sua mãe, Ella ouviu outra pessoa falando em sua mente, era um jovem. Ela podia vê-lo em sua tela mental. Esguio, branco, de estatura mediana, tinha trinta e poucos anos, cabelos curtos e castanhos-claros. Aparentemente, uma figura amigável. Não se apresentou, apenas falava. Sua voz emanava uma profunda mansidão que a acalmava. Ele compartilhou alguns ensinamentos, no entanto, a mente de Ella foi incapaz de recordar posteriormente o que aquele estranho havia lhe transmitido.

Sem dúvidas, o ritual fora regado de boas surpresas. Seu corpo foi preenchido com bons sentimentos e Ella se sentia abastecida ao final do processo. Saiu dali se perguntando quando retornaria para experimentar novamente os efeitos do chá.

Passados alguns dias, Ella sentiu vontade de viver mais uma vez aquela experiência. Retornou ao local com a psicóloga e, dessa vez, tomou uma dose maior da bebida, talvez uns 40 mililitros. Os efeitos do chá em seu corpo se manifestaram rapidamente, em poucos minutos teve diarreia e tontura.

Depois de voltar do banheiro, não conseguia mais levantar da cadeira, sentia seu corpo pesado. Sentiu também uma sonolência profunda e uma moleza tão forte que a impossibilitava de fazer qualquer movimento com o corpo. Mal conseguia abrir os olhos, mas em algum nível estava consciente do que ocorria a sua volta.

Neste momento, partes dela entraram em conflito, algumas apavoradas questionavam por que ela havia voltado àquele local, outras tentavam compreender o que acontecia para além do físico. Era como se duas vozes distintas falassem em sua cabeça ao mesmo tempo.

Em alguma medida, aquele estado de inércia física a aterrorizava. Ela não se sentia nem um pouco confortável quando perdia o controle da situação, e ali era ainda pior, pois tinha perdido o controle sobre o próprio corpo, não conseguia controlá-lo nem mexê-lo. Sentia-o paralisado na cadeira. As horas foram longas naquela noite. O único conforto era saber que tinha uma presença amiga ao seu lado, que não permitiria que nada de mal lhe acontecesse.

A voz masculina que havia conversado com ela no ritual anterior lhe fez companhia durante parte do processo. Ella podia ver o jovem novamente em sua tela mental. Uma figura amigável, que demostrava acolhimento e segurança. Foram horas de orientação na companhia daquele sujeito.

Descobriu, tempos depois, que através da Ayahuasca conhecera um dos seus mentores espirituais, guardião, anjo da guarda, seja lá o nome que se dá a um protetor espiritual. Ou talvez fosse uma parte sua ali representada em um corpo masculino, transmitindo conhecimentos já sabidos por sua alma. Aquela, sem dúvidas, era uma experiência peculiar.

Apesar desse processo de aprendizado, a indisposição com o mestre de cerimônia permanecia. Dessa vez, não se cumprimentaram. Ella não fez questão. Algo nele a incomodava fortemente. E, como estava acompanhada da psicóloga, tentou relaxar, mesmo que minimamente, e aproveitar os ensinamentos que aquela voz lhe transmitia em pensamentos.

Finalizada a cerimônia, foram embora. Ella ainda sentia uma forte indisposição física, seu estômago estava embrulhado. Os efeitos sobre seu corpo foram intensos, e essa parte não era nada divertida. Porém, de acordo com sua avaliação, a experiência tinha sido válida por ter entrado em contato com aquela figura masculina que lhe fez companhia durante parte do processo, acalmando-a em momentos de tensão.

Ao refletir sobre a cerimônia, Ella achou interessante como as plantas presentes no chá tinham o poder de conduzir a uma viagem para dentro de si, possibilitando ressignificar traumas, limitações, bloqueios, crenças e julgamentos. A experiência mostrou que, muitas vezes, o chá nos faz ficar frente a frente com o que precisa ser trabalhado internamente. E nem sempre é uma experiência agradável, afinal, se está olhando para as próprias sombras.

No dia seguinte, o mal-estar físico havia passado, no entanto, algo gerava em Ella uma sensação de estranheza. Ela não sabia explicar o que era, mas percebia algo de diferente, como se processos estivessem ocorrendo dentro dela por intermédio daquelas plantas.

Algo estava se transformando internamente. Podia sentir mudanças, mas não sabia explicar ao certo o que era. A bebida tinha um efeito que se estendia para além da noite do ritual, Ella percebeu, um efeito prolongado que permanecia em seu corpo físico três ou quatro dias após a ingestão.

Ella tinha uma ligação forte com a natureza desde a infância e carregava consigo a crença sobre o poder de cura das plantas, e era isso que estava recebendo por meio daquela bebida, a cura para algumas de suas feridas, crenças e julgamentos.

Mais alguns dias se passaram e Ella decidiu que iria ao ritual pela terceira vez. Estava impressionada com os efeitos da planta sobre seu corpo e sua mente, pois nunca havia sido exposta a esse tipo de experiência. As cerimônias geralmente ocorriam uma vez por semana, então não precisava aguardar tanto tempo para retornar.

Seria sua terceira cerimônia; porém, a primeira sozinha. Ella ficou um pouco reticente, mas decidiu que iria mesmo assim, estava disposta a enfrentar aquele medo e o seu excesso de controle.

Contudo, voltar àquele local foi uma infeliz decisão que a afetou pelos anos seguintes de forma muito perturbadora. Isso representou o início de acontecimentos que se desdobrariam de forma inimaginável e sem precedentes.

Era sábado à noite, por volta de sete horas. Ella foi sozinha ao local. Desceu do carro, cumprimentou algumas pessoas, menos o mestre de cerimônias, que estava ali sentado, ocupando seu lugar na ponta da mesa, composta pelos demais dirigentes.

A fila se formou, Ella tomou sua dose, a mesma quantidade da vez anterior. Voltou ao seu lugar e se sentou em uma cadeira de plástico. Naquela noite, para além dos efeitos da Ayahuasca, Ella foi submetida ao trabalho feito de forma oculta pelo ser que se intitulava mestre de cerimônias, o qual dirigia os trabalhos com aquele grupo.

A banda tocava, o mestre falava, dando direcionamentos aos ouvintes, e em poucos minutos Ella sentia um estado de aprisionamento dentro do próprio corpo. O sono era incontrolável, a razão brigava com a emoção, uma querendo sair dali correndo e a outra querendo ficar para conferir o que a noite lhe reservava.

O seu guardião apareceu, porém não foi o suficiente para que se sentisse protegida. Ella se sentia imobilizada, mal conseguia levantar um braço ou uma perna e os olhos não paravam abertos. O efeito do chá foi fortíssimo. Ela descobriu, anos depois, que uma das ações da Ayahuasca sobre si era imobilizar o corpo para permitir que o processo ocorresse dentro dela.

Como um boneco sendo inflado, Ella sentiu ampliar os limites de seu corpo e, em seguida, mergulhou dentro de si, explorando partes que a compunham, como crenças, valores, pontos de vista, medos e inseguranças. Uma viagem dentro do seu próprio ser.

Logo no início da cerimônia, Ella percebeu que algo estranho acontecia e não tinha relação com o seu processo pessoal. Notou que, em uma de suas falas, o mestre havia invocado presenças não amistosas à cerimônia.

— Que se abram os portais dos submundos, que os espíritos sombrios sejam libertos esta noite. Venham, adentrem o espaço. Aqui vocês serão trabalhados — disse o mestre com uma voz que ecoava por todo o salão.

Apesar de estar fisicamente paralisada, Ella estava consciente, portanto percebia o que acontecia no espaço ao seu redor. Ao ouvir aquele comando, um arrepio frio atravessou o seu corpo e pela sua tela mental podia enxergar que as portas do inferno tinham sido abertas, literalmente. Centenas de consciências ocuparam aquele local de forma instantânea. Elas simplesmente obedeceram ao comando do mestre.

A atmosfera mudou completamente. O ar pesou. Em questão de minutos, Ella se deu conta de que tinha se metido em uma grande enrascada. O mestre de cerimônias estava permitindo que aquelas consciências tomassem o controle não somente do espaço, mas também daquelas pessoas. E havia um propósito por trás daquela abertura e permissão.

A invocação não era para que fosse levada luz àquelas consciências sombrias, o que Ella via era o contrário, as consciências estavam roubando a luz das pessoas que ali estavam. Verdadeiros vampiros energéticos adentraram aquele local com a permissão da pessoa que conduzia o ritual.

Ella sentia como se tivesse sido anestesiada, simplesmente não conseguia se mover, muito menos levantar para ir embora. As outras pessoas, assim como ela, também sob o efeito do chá, não saíam dali, ninguém se movia, cada um vivia a sua própria experiência.

Ella imaginava que aquelas pessoas não enxergavam o que estava verdadeiramente acontecendo. Estavam simplesmente aprisionadas, de alguma forma, por aquele homem. Elas não percebiam que estavam sendo sugadas. A energia de cada um servia para alimentar o ego daquele que se intitulava o mestre. Elas eram vítimas inconscientes daqueles abusos, daquele roubo energético.

Um cenário diabólico se apresentava. As consciências invocadas dominaram o salão. Uma cortina de névoa se instalou sobre o local. De repente, tudo ficou gélido e cinza. O aspecto do ambiente mudou completamente. Ella pedia ajuda ao seu guardião, mas teve que testemunhar a invasão obsessora daqueles seres trevosos. Isso foi absolutamente macabro.

O seu desespero era gigantesco. Vozes atravessavam sua mente. Aquelas consciências cruzavam o seu corpo sem que ela tivesse qualquer controle, já que ele estava entregue aos efeitos físicos do chá. Uma experiência aterrorizante, destruidora de qualquer equilíbrio mental ou emocional.

A música ecoava pelo lugar através da banda; porém, estranhamente, as vozes mudaram o timbre, intimidavam em vez de confortar. Enquanto isso, o mestre conduzia a cerimônia, as consciências invocadas por ele, agora livres, divertiam-se aprisionando o grupo. Ella podia ver as pessoas sonolentas sendo sugadas sem o mínimo de consciência. Um cenário horroroso. Tudo controlado por aquele mestre das trevas.

Ella enxergava algo que prendia aquelas pessoas umas às outras e ao mestre ao mesmo tempo. Laços invisíveis conectavam todos ali. Laços que o abasteciam energeticamente. Ele se alimentava daqueles que o tinham como mestre, deturpando o poder sagrado das plantas utilizadas para a produção da Ayahuasca. Literalmente, fazendo mau uso do poder, tanto dele quanto das plantas.

O ritual tornou-se interminável. Horas se passaram sem que ela pudesse encerrar aquele acesso psíquico. Ella percebia aquilo como um ritual de vampirização energético em que, quanto maior o número de pessoas, mais empoderamento gerava ao ser humano sem escrúpulos que conduzia a cerimônia. E ele se deleitava enquanto aquelas pessoas se enfraqueciam.

Ella se questionava como alguém era capaz de tamanha maldade. Brincar com a fé das pessoas, aproveitar-se de quem está em estado de vulnerabilidade, enganar os que estão em busca de cura. Algo inaceitável para ela.

A cabeça de Ella fervilhava, pensava em seu azar ao se deparar com essa situação de abuso, aprisionamento e charlatanice em uma de suas primeiras buscas espirituais. Quais crenças precisava limpar para se desconectar dessa ressonância?

Apesar do pavor, algo estava claro, e era sua necessidade de ressignificar e romper com essa figura do masculino que engana, rouba, usurpa para além do físico, um roubo emocional, energético e psíquico. Será que era isso que essa experiência estava mostrando? A desconstrução de um masculino que, em diferentes aspectos, fere, machuca, drena forças?

Pela dimensão daquele assombro, a limpeza do seu inconsciente levaria anos. Mas, naquele momento, seu único desejo era encerrar aquele pesadelo e sair dali o mais rápido possível, livre daquelas amarras.

Perto do final, as coisas pioraram. Consciências se aproximaram de Ella e, inesperadamente, aprisionam suas mãos e pés. Ali naquele plano físico, Ella seguia presa em seu corpo paralisado na cadeira, no entanto, no outro plano, se debatia o mais forte que conseguia, tentando proteger seu corpo desdobrado em outra realidade. O terror tomava conta dela. Dois vultos seguraram seus pés, outros dois seguraram seus braços e a conduziram passo a passo para perto do mestre, que naquele cenário estava próximo a uma fogueira com chamas ardentes.

A sensação predominante era a de que, ao encerrar a cerimônia, um pacto seria consumado. A alma de Ella seria aprisionada em outras esferas ao final daquele ritual. Isso a desesperava completamente. Ela via os laços energéticos entre o mestre e aqueles que ali estavam. Provavelmente seria a próxima a ser aprisionada naquela teia energética maligna, o que representava mais uma alma para alimentar o ego doentio do mestre.

Mesmo exausta, Ella se debatia incansavelmente, tentando se libertar daqueles seres, mas nem todo o seu esforço foi suficiente para que conseguisse se soltar. Ela estava muito próxima do mestre, que guardava um sorriso sarcástico em seu rosto.

Aqueles vultos arrastavam o corpo dela até ele. De repente, a poucos segundos do provável sacrifício percebido por Ella, o seu guardião reapareceu em sua tela mental, interrompendo o andamento da cena, e falou incisivamente, de forma clara e imperativa:

— Levante-se! Saia daqui agora! A Ayahuasca é para você. Mas aqui não é o seu lugar. Vá embora! Saia deste lugar.

Aquela fala soou como uma ordem que congelou instantaneamente aquela cena. E, como num passe de mágica, Ella despertou da sonolência profunda que a tinha paralisado durante toda a cerimônia e levantou subitamente. Ainda estava se sentindo fraca, seu corpo não estava totalmente firme, os olhos entreabertos e sem muita firmeza nas pernas; mesmo assim, alinhou seu corpo como pôde e caminhou em direção à saída, onde seu carro estava estacionado. Isso aconteceu poucos minutos antes do horário de encerramento da cerimônia.

Nenhum dos presentes ali veio atrás dela, o que era incomum, pois sempre havia as pessoas que não tomavam a bebida para dar assistência ao grupo, em caso de alguma emergência.

No entanto, ela se levantou tão determinada a sair dali, que ninguém tentou impedi-la. Sem dúvidas, era perigoso dirigir estando sob o efeito do chá, Ella sabia disso, porém, naquela circunstância, sabia que perigo maior correria se ficasse até o final daquela cerimônia demoníaca, em que teria sua alma aprisionada em alguma dimensão de tempo e espaço.

Foi tudo muito rápido e desconcertante. Conforme dirigia, ia tendo o controle dos membros de seu corpo novamente. A cabeça fervia. Tudo ali borbulhava. Tudo aquilo era insano. Difícil de digerir.

— Nunca mais volto nesse lugar — repetia para si mesma, aterrorizada com tudo o que acontecera.

A casa da psicóloga ficava a alguns quilômetros do local. Ella dirigia muito devagar, devido às suas limitações físicas naquele momento. Ao voltar pra casa, depois de responder para a psicóloga de forma monossilábica se estava tudo bem, seguiu direto para o banho. Não era possível ser sincera ao responder aquela pergunta. Até mesmo porque a psicóloga tinha o mestre de cerimônias como um grande amigo. Ella teria que processar a experiência sozinha. Não conseguiu imaginar alguém com quem pudesse compartilhar aquela noite inenarrável.

Meses se passaram e Ella não relatou a ninguém o que acontecera. Sabia que muitos a achariam louca, a história era demasiado fantasiosa para que acreditassem. No geral, falariam que era coisa da sua cabeça ou que suas crenças, potencializadas pelo uso do chá, fizeram com que sua mente construísse aquele cenário sombrio e maquiavélico. Então, decidiu calar-se e guardar para si aquela noite macabra.

Levou um tempo, mas Ella constatou que nada do que aconteceu tinha a ver com a Ayahuasca, já que a bebida tinha ação neutra. O dirigente do ritual era o responsável pelo uso inadequado do chá. Ella sabia que pessoas passavam por experiências ruins em rituais com a bebida, no entanto, agora estava claro que nada tinha a ver com os efeitos das plantas, mas, sim, com a energia emanada durante o preparo do chá e por quem dirigia a cerimônia. Esses, sim, eram fatores cruciais para que o grupo tivesse uma experiência positiva ou negativa, além, é claro, das questões pessoais que cada um traz consigo.

Como queria tirar sua má impressão, Ella decidiu tomar a Ayahuasca na cidade em que morava, em um outro grupo de pessoas, sem quaisquer ligações com o mestre de cerimônias com o qual tinha se sentido incomodada desde a primeira vez.

Um ato de coragem, pois precisava ressignificar suas memórias. E assim o fez, foi a outra cerimônia, novamente sozinha. Conhecia uma ou duas pessoas no local, mas não eram próximas a ela.

Logo percebeu que o ritual era diferente, um formato distinto de condução. Ella tomou o chá e foi para o seu lugar. Ali, homens e mulheres compartilhavam os espaços, a separação por sexo não era requerida.

Foi apenas o tempo da bebida fazer efeito para que Ella sofresse assédios psíquicos do tal mestre de cerimônias vampirista. Ali, ela descobriu que a bebida se tornou um portal. A cerimônia ocorria no mesmo dia e horário, apesar de estarem em cidades diferentes. Então, ele aproveitou o fato de ela ter feito uso, mesmo estando separados geograficamente, para acessá-la. Novamente, um show de horror se passou em sua mente.

Ele a invadiu sem pedir licença. Sua figura soberba sorria, como quem diz: "Tentou fugir de mim, mas não conseguiu. Estou aqui". A princípio, quis parecer simpático, prometeu dinheiro e poder, propôs uma parceria. Queria que ela o ajudasse.

Talvez ele a tenha reconhecido como alguém que pudesse contribuir para empoderá-lo, afinal de contas, ela estava consciente sobre o que se passava nos bastidores daquele ritual mesmo sob o efeito do chá, o que, aparentemente, não ocorria com as outras pessoas.

Ella, apavorada com aquele acesso, negava toda e qualquer oferta. Nenhuma proposta a fizera mudar de opinião. Nesta existência, tinha uma certeza, ela serviria a luz. E isso era uma convicção. Ela só queria se livrar daquele encosto que estava atrapalhando seu ritual. Foi um encontro indesejável, ou melhor, um atravessamento indesejável.

A cerimônia durou horas, e os ataques também. Entre um intervalo e outro, seu guardião se manifestava. Dava-lhe algumas informações e saía de cena. Vômitos e diarreia fizeram parte do processo. No final, a exaustão tomou conta de seu corpo, mente e espírito. Ella estava indignada, pois outra vez tudo saía fora do seu controle.

A determinação a fez ir a outras cerimônias de Ayahuasca, inclusive em outra cidade, mas o resultado não foi diferente. O tal mestre das trevas estava lá, acessando-a sempre que ela fazia ingestão do chá, até que ela decidiu dar um tempo. Reconheceu que precisava se fortalecer energética e espiritualmente. Foram tempos sombrios, em que o medo e a ansiedade estavam sempre presentes no seu dia a dia. O desconhecido batia à porta e Ella precisou ir em busca de ajuda e respostas, foi em busca de conhecimento.

Quando estava sozinha, indagava-se o porquê de estar passando por aqueles ataques. Algo que ela pensou que iria contribuir, parecia que a tinha prejudicado. Mas, ainda assim, não se arrependia. Sabia que em algum momento, levasse o tempo que fosse, algo que ela não enxergava seria compreendido.

Ella se mudou e foi morar em outro estado. Foi quando a situação se agravou. Mesmo sem fazer uso do chá, os ataques persistiam. Após poucos meses em seu novo lar, Ella passou três semanas praticamente sem conseguir dormir. Foi um período de terror. Ela precisava frequentar a faculdade, realizar suas atividades diárias, mas, quando tentava cochilar ou dormir, o cara invadia sua mente. Algo simplesmente pavoroso. O que provava que laços invisíveis tinham sido estabelecidos.

Agora, parecia que não precisava mais do chá para abrir um portal. O acesso era livre, ele a atacava em casa, no sofá da sala, ao tentar tirar um cochilo, ou em sua cama, ao tentar ter uma noite de sono. A situação estava insustentável. Era uma perseguição, e Ella não sabia o que fazer nem como se defender. Estava à mercê daquele espírito perturbador, mesmo tendo passado quase dois anos do primeiro contato.

Ele se tornou uma verdadeira assombração. Ella o sentia atravessando seu corpo. Era como se ele afundasse seu braço dentro da cabeça dela. Seu corpo se tornou refém dos acessos. Foi desgastante não apenas mental ou emocionalmente, mas também fisicamente. Seu humor estava afetado. Seu sossego, completamente dissolvido.

Defesas

O convite era genuíno,
Vinha de uma voz amiga
Não havia como questionar.

Algo minha alma e eu precisávamos vivenciar
O que me questiono é se precisava ser tão difícil de me livrar.
O quanto das minhas crenças me levaram até lá?
O quê ou para quem algo eu queria provar?

Os ataques ocorreram, isso não dá para negar.
No entanto, resta saber se foram armadilhas do meu inconsciente
Ou alguém de forma consciente se alimentou do meu eu
sem se importar
Coisas estranhas acontecem no mundo de lá.

O inenarrável vivi tentando me libertar.
Inocente, desprotegida, me expus sem malícia,
Laços invisíveis senti me aprisionar.

Minha alma horrorizada, presente acompanhava a enrascada
Que a mente afoita por vivências aceitou viver,
sem questionar.
Um preço alto tive que pagar.
Anos de ataques, corpo e mente tiveram que enfrentar.

Nesse contexto, a grande questão de seus dias era: como desfazer aqueles laços e impedir os atravessamentos indesejáveis? Ella não sabia por onde começar. Era um mundo que não existia em sua realidade, estava fora de suas referências. Passaram-se dois anos sem o uso da Ayahuasca e Ella mergulhou em outras terapias, descobriu novos mundos. Conheceu várias técnicas, aprendeu diferentes tipos de defesas contra ataques psíquicos, energéticos e espirituais. Fortaleceu seu campo pessoal e aprendeu a cuidar de sua casa, blindando-a de energias densas e negativas. Para uma pessoa sensível a outras realidades não físicas, isso era requisito básico para a manutenção do seu bem-estar.

E em um dia comum, de forma inesperada, recebeu o convite de um amigo para participar de um ritual de Ayahuasca. Ella congelou internamente, não sabia se estava preparada. A cerimônia seria ministrada por um casal que cultivava a Chacrona e o Mariri, e também preparava o chá. O ritual seria extenso, teria a duração de nove horas. Em geral, a média era de três ou quatro horas.

A ideia de passar por isso novamente gerou-lhe um frio na espinha e um leve tremor em suas pernas. Ella se sentiu ansiosa e um pouco eufórica. Há pouco os ataques tinham cessado e, em meio àquele convite, se questionou:

— Será que chegou a hora de tirar a prova?

Ella queria saber se ainda estava vulnerável aos ataques daquele ser sem escrúpulos. Precisava saber o quanto havia evoluído naquele período. Passou duas semanas ansiosa, sentindo calafrios e cólicas só de pensar no ritual, que, por sinal, seria o mais longo que já vivenciara. Estava com medo. Até aquele momento, tinha contado apenas para uma amiga sobre tudo que passara.

Enfim, o dia chegou. Ella sentia muito nervosismo e ansiedade, ainda sem ter certeza se iria ou não ao ritual. As horas se arrastavam e, quanto mais se aproximava do horário, mais aflita ela ficava.

Tomou a decisão de ir apenas uma hora antes do horário previsto para encontrar seu amigo. Era hora de colocar à prova todos os seus estudos e vivências dos últimos anos. Encontrou-o e seguiram juntos até o local da cerimônia. Ele não fazia ideia do que estava acontecendo.

Havia cerca de vinte pessoas no local. O salão era pequeno e aconchegante. Após o anúncio das informações gerais, deu-se início à cerimônia. Foi um importante exercício de controle de sua mente e de fortalecimento de seu poder pessoal.

Ao fundo, uma coletânea de músicas conduzia indiretamente o rumo daquele ritual. Por vezes, o casal fazia intervenções tocando instrumentos, narrando histórias, passando com outros elementos que constituem a medicina da floresta, como o rapé e a sananga. Todos de uso opcional. Ella não fez uso de nenhum outro além da Ayahuasca. Simplesmente não se sentia preparada para intensificar aquela experiência. Estar ali era suficientemente desafiador.

No início do ritual, após fazer a ingestão da bebida, Ella deitou-se em um colchonete e cobriu-se com cobertores. O frio era uma sensação comum em seus rituais. Sabendo disso, optou por se manter aquecida antes mesmo de sentir os efeitos do chá.

Uma pessoa muito especial, uma amiga, cuidadora e guardiã, apareceu em sua tela mental e a acompanhou em grande parte do processo. Sua amiga ia lhe passando informações, trazendo *insights*, ajudando-a a desconstruir crenças e medos, pontuando e direcionando.

Foi reconfortante para Ella tê-la ali. E o seu desejo maior, a razão de estar ali, enfim se concretizou. O mestre não podia acessá-la, ele, finalmente, não passava de um fantasma em suas memórias. Tudo indicava que o pesadelo de acessos indesejáveis tinha chegado ao fim.

Esta cerimônia, assim como outras das quais Ella participou posteriormente, lhe confirmou que a força contida no chá e a energia projetada no ritual eram coisas distintas, que variavam de acordo com a pessoa que o estava conduzindo e a intenção que era colocada no feitio, no preparo do chá.

Isso comprovou a Ella que é de extrema importância ter referências sobre quem está no comando do grupo, pois, caso seja uma pessoa de má índole, o estrago sobre quem faz a ingestão pode ser gigantesco. Entretanto, essa é apenas uma dentre as variáveis que devem ser levadas em consideração diante da decisão de fazer ou não uso da Ayahuasca. Como uma sábia frase diz: a Ayahuasca é para todos, mas nem todos são para a Ayahuasca. Como saber? Ouça seu corpo, ele tem a resposta.

Nove anos depois do primeiro contato com o mestre das trevas, Ella retornou à cidade onde os primeiros acessos ocorreram. A vida, de forma silenciosa, a conduziu para as proximidades de onde tinha vivido uma das piores experiências de sua vida.

Ao perceber que estava nas redondezas daquele sítio, Ella sentiu que talvez precisasse pisar ali e ver o que viria à tona. Queria saber se sua ferida estava cicatrizada e constatar o quanto tinha realmente se fortalecido naquela década de estudos e aprendizados.

O intuito da visita não era fazer uso da bebida, muito menos estar na presença do homem que invadiu sua mente por anos, mas estar no local, pisar, sentir, perceber o que seria acionado em suas memórias. Afinal de contas, gostando ou se escondeu atrás de um dos veículos. Enquanto o mestre e a moça que servia o chá paravam para cumprimentar as pessoas recém-chegadas, Ella fugiu.

Correu o máximo que pôde, atravessou diferentes ruas, queria ficar o mais distante possível daquele lugar. E, dessa forma, com seu corpo tomado pelo medo de sequer pensar um ter contato físico com o mestre, o sonho acabou e ela acordou em meio à adrenalina do movimento de fuga.

Durante o dia, Ella foi digerindo cada cena daquele sonho. Não demorou muito para compreender a mensagem. Estava claro, ela não tinha nada o que fazer naquele lugar, o sítio onde os rituais aconteciam.

Não importava o quanto de conhecimento tinha adquirido, por quantas experiências tinha passado, ali era o lugar dele, estava sob o comando e domínio dele. Independentemente de ele estar ou não no momento em que ela fosse, existia uma egrégora firmada sobre aquele local. Não se tratava apenas da energia do mestre. Ella entendeu que em terras inimigas não se pisa sem que haja realmente a necessidade, e esse não era o caso.

Depois de perceber o quanto do seu ego estava atuante no desejo de retornar àquele local, Ella reconheceu que não precisava provar nada para si mesma ou para qualquer pessoa. Agora reconhecia sua potência, seu poder pessoal. Sabia o quanto aprendera em todos aqueles anos, inclusive sobre o fato de ser prudente e evitar exposições desnecessárias.

Muito mudara desde o dia em que pisara pela primeira vez naquele sítio, e isso era reflexo de suas incessantes buscas por respostas para suas angústias, de seus estudos, pela desconstrução de crenças, pontos de vistas e verdades, em resumo, as imersões dentro de si mesma é que possibilitaram o reestabelecimento de sua paz e equilíbrio.

Assim, a vida lhe mostrou que, mesmo tendo feito o seu plantio em condições totalmente adversas, chegara a tão esperada colheita. E, com a tarefa de casa feita, orgulhosa de si mesma, saboreava os frutos provenientes dessa peculiar jornada.

Resiliência

Hoje fortalecida reconsidero a necessidade de algo provar
Permito-me com outros olhos poder enxergar
Cenário no qual me perdi para somente anos mais tarde
poder me reencontrar.

Escudos aprendi a cocriar. Minha proteção vem
em primeiro lugar.
Seja uma visita ou um trabalho a executar
Em uma escola ou avenida
Igreja ou mesquita
Bar ou casa de gente amiga
Depois dessa, aprendi que sempre o meu corpo devo fechar
Não importa qual local adentrar.

Proteja-se!
Estar consciente é parte do seu bem-estar.
Consciências estão por todas as partes
Nunca se sabe o que anseiam alcançar.
Por isso, fica aqui a dica, faça sua parte, não espere
o ataque chegar.

[ACESSO DOIS]
Convite para a morte

O relógio marcava nove horas da noite. Ella havia deitado, decidira dormir cedo naquele dia. Era final de semestre acadêmico e precisava estar descansada para a maratona de estudos dos dias seguintes. Poucos minutos após pegar no sono, o telefone de seu apartamento tocou. Era Mila, sua melhor amiga da faculdade, aos prantos, mal conseguia falar.

Ella se assustou com o desespero presente na voz da amiga. Apenas ouvia soluços do outro lado da linha. Sem saber o que estava acontecendo, insistiu para que Mila falasse. Depois de alguns segundos, que pareceram intermináveis, ela disse:

— Eu estou com medo. Um cara acabou de se jogar pela janela do meu prédio. Eu vi o corpo ensanguentado na borda da piscina. A polícia isolou o edifício e eu não sei o que fazer. Minha mãe falou pra eu não sair de casa, mas eu estou com muito medo e não sabia para quem ligar. Então, liguei pra você.

Estarrecida, completamente em choque, Ella disse a primeira coisa que lhe veio à cabeça:

— Eu estou indo te buscar. Se arruma e desce, em poucos minutos eu chego aí. Você virá para a minha casa.

De forma concomitante com esse movimento, o suicida se deu conta do que fez com a própria vida.

Mente suicida

A aquarela manchou
O papel rasgou
A vida secou
O olhar descansou
Vivi no vazio
A sonhar com o riso

O rio desaguou
A flor murchou
A boca calou
O regresso antes almejado
Agora se fez inimigo.

Te quero lá fora
Você não é vento amigo
Tudo em você inspira perigo
Quero minha vida de volta
Aqui não é mais bem-vindo.

Eu não te conhecia
Olha o que você fez comigo!
Joguei minha vida fora
Foi tudo tempo perdido.

Desejei o agora
Depois de já ter partido
O que faço agora?

Não há mais tempo lá fora
Eu me perdi no caminho.

Agora estou morto para o mundo dos vivos
Desprovido de recursos
Sigo prisioneiro e muito em breve serei esquecido.

Uma ligação, um pedido de socorro, uma amiga assombrada. Isso foi o suficiente para o desdobramento de acontecimentos inimagináveis e com potencial altamente destrutivo. Aquele telefonema representou o início de algo jamais ouvido ou testemunhado por Ella em seus vinte e poucos anos de vida. Um de seus piores pesadelos começara naquele instante.

Para além da comunicação por telefone entre duas amigas, um outro contato havia sido feito por meio daquela ligação. Um acesso psíquico, silencioso e invisível tomou tamanho e força e seria revelado conforme os dias e as horas passassem no decorrer daquela semana inimaginável.

Ao desligar o telefone, Ella se trocou rapidamente, desceu até o subsolo e entrou no carro. Aflita, dirigiu até a casa de sua amiga de forma imprudente e arriscada, cruzando todos os semáforos no sinal vermelho. Não percebeu o quão imprudente estava sendo durante o trajeto. Com muita sorte, chegou ilesa até o seu destino.

Mila a aguardava na portaria do prédio. Estava visivelmente abalada, o rosto vermelho denunciava o choro, os olhos assustados mostravam sua criança interior que gritava por acolhimento. Ella abriu a porta do carro para a amiga entrar e retomou imediatamente a direção, desejando voltar o mais rápido possível ao seu lar e finalizar aquele tormento. Mal sabia que o final dessa história estava longe do fim.

No trajeto, o silêncio imperou. O telefone de Mila tocou, era sua mãe querendo saber se já estavam em casa. Mila informou que estavam próximo e que ligaria quando chegassem. A poucas quadras de casa, Ella, imprudentemente, cruzou mais um sinal vermelho. Este, claramente, não era um comportamento seu. Em geral, dirigia com atenção, respeitando as leis do trânsito. Algo estava fora do normal.

A uma velocidade de pouco mais de 50 km/h, Ella bateu o carro em outro que cruzava à sua frente. Extremamente assustada com o barulho gerado pela batida, não conseguiu parar o veículo e seguiu dirigindo até escutar a sirene de um carro de polícia, que a trouxe de volta para a realidade: ela tinha causado um acidente de trânsito e precisava se responsabilizar por isso.

Com a polícia a seguindo, ela foi forçada a encostar o veículo próximo ao meio-fio, duas quadras à frente do local do acidente. Ao parar, um dos policiais rapidamente apontou uma arma em direção a sua janela. Ella abaixou o vidro, entregou a habilitação e tentou explicar o que tinha acontecido, mas o policial não estava interessado em ouvir, seu objetivo era apenas penalizar. Até hoje, essa cena segue gravada em sua mente.

Por sorte, além do susto, o acidente gerou apenas danos materiais. No outro carro, estava um casal que ia ao hospital para levar sua filha que não se sentia bem. Nervoso, o motorista se aproximou e começou a brigar. Apesar de irritada, Ella se responsabilizou pelo acidente, tentou se explicar, pegou os dados do carro e da família, e informou que tinha seguro e ia custear todos os danos materiais gerados. Afinal de contas, era ela quem estava errada. Ella queria resolver isso o mais rápido possível e ir para casa. Estava com medo e agora, evidentemente, esse medo era de si mesma.

Depois de o acidente ser parcialmente esclarecido, a família entrou no carro e seguiu seu destino. Apesar de elas estarem a menos de um quilômetro de casa, não seria possível se locomover rapidamente, pois a roda de trás do carro estava empenada. Com medo de não conseguir chegar até seu prédio, Ella explicou aos policiais que se sentiriam mais confortáveis se eles as acompanhassem com a viatura até o portão.

Um dos policiais concordou, porém, na primeira esquina mudaram o percurso, deixando-as sozinhas em seu carro batido. Ella esbravejou em seus pensamentos, mas sabia que era sua a responsabilidade por aquele acidente. Literalmente, os policiais fizeram apenas seu trabalho.

A mãe de Mila, preocupada, começou a ligar querendo saber o porquê da demora para chegar em casa. Ella proibiu Mila de contar o que ocorrera. Mila, para não expor sua amiga que tinha lhe feito um favor, inventou uma desculpa qualquer e sua mãe nunca soube do acidente.

Passadas quase duas horas depois de ter saído de casa, Ella estacionou novamente o carro, agora batido, na garagem do prédio. Subiram até o décimo primeiro andar, onde morava, e a partir daí o mundo de Ella não era mais o mesmo. Algo aparentemente inexplicável e silencioso estava acontecendo em meio àquele caos. Era invisível, portanto, de difícil detecção.

A noite foi longa e exaustiva. As horas não passavam. Ella não conseguia parar de chorar, sentia uma angústia que não cessava, e o pior de tudo, ela não conseguia identificar a origem. Era algo além do normal. Sabia que não era por causa do acidente, já que ele não justificava todo aquele pranto. Enquanto sua amiga fazia o boletim de ocorrência do acidente pelo computador, burocracia necessária para acionar o seguro do carro na manhã seguinte, Ella permanecia chorando sem entender o porquê.

No dia seguinte, ambas se levantaram cedo, elas tinham aula. Ella estava muito abalada e Mila, perdida e desconfortável. As outras amigas chegaram na sala de aula e a história da noite anterior foi compartilhada. Todas se mostraram comovidas, sensibilizadas com a situação.

A aula começou, no entanto, as lágrimas de Ella não cessaram. As amigas olhavam sem entender, achando que era por causa do prejuízo financeiro que teria para custear o conserto dos carros ou talvez em decorrência do susto da batida. Mas todas elas estavam longe de compreender o real motivo daquele súbito desiquilíbrio emocional vivido por Ella.

No intervalo das aulas, elas se reuniram e tentaram consolá-la. Ella ficava irritada, não com as meninas, mas consigo mesma, por seu estado de descontrole e falta de compreensão do que estava verdadeiramente acontecendo.

Ella retornou para casa e se viu sozinha pela primeira vez. O apartamento estava cercado por paredes frias e ela sentiu algo gélido tocar sua espinha. Ficar ali era perigoso, ela estava refém de pensamentos que surgiram subitamente, e sabia que não eram seus. O tormento era imensurável, a agonia, o mal-estar, as cenas presentes na sua cabeça, tudo era incontrolável, simplesmente insano.

O cérebro a mil questionava o que era aquela enxurrada de imagens, desejos e sensações. Tudo muito intenso e obscuro. Ella perdera o controle de sua mente e não dominava o que se passava em seu corpo. Dentro das paredes daquele apartamento no décimo primeiro andar, ela se tornara sua pior ameaça.

No dia seguinte, a situação de Ella piorou: choro, desespero, cansaço, corpo exausto, insônia e incompreensão diante daquele tormento. As amigas tentavam convencê-la a ir a um psiquiatra, a concessionária ligava para falar sobre o conserto do seu carro, o seguro atrasou para liberar o conserto do carro das vítimas, a soma de todos esses fatores inquietava ainda mais sua alma angustiada.

Tudo se agravou do terceiro para o quarto dia. A cena que invadiu sua mente e tomou conta de seus pensamentos desde a noite da ligação era ela cometendo suicídio de todas as formas, em todos os lugares, todas as horas do dia, especialmente quando estava só. Sua mente se tornou um filme de terror. Com os olhos abertos ou fechados, a cena era a mesma: Ella tirando a própria vida.

Era apavorante. Seu corpo sofria e por ele passava toda a angústia visceral de um suicida. As imagens eram de morte clara e explícita: corda no pescoço, se jogar do prédio, tiro na cabeça, corte com faca. Era simplesmente agonizante. As imagens permaneciam a todo custo, estar em casa se tornou um martírio e ficar sozinha, um risco de vida. Do dia para a noite, sua mente se tornou seu pior inimigo.

O choro era compulsivo, nada o controlava, não sabia mais se chorava pela angústia, pelo medo de cometer suicídio ou por não entender nada do que estava acontecendo. Ella questionava-se inconformadamente:

— O que é isso que invadiu meu corpo? Que força é essa que domina minha mente? Como farei para me livrar dessa loucura que estou vivendo? Eu estou enlouquecendo?

A mente fervilhava e o corpo padecia. O fim de semana chegou, sábado foi horrível e domingo insuportável. Ella não dava mais conta daquela situação e pediu a ajuda de uma amiga, que, percebendo a gravidade do assunto, prontamente deslocou-se até seu apartamento naquele domingo.

A amiga não entendeu absolutamente nada, mas permaneceu ali, gentilmente, sem questionar ou julgar, apenas lhe fazendo companhia. O silêncio das horas trazia o alívio que a alma de Ella necessitava depois daqueles dias agonizando viva e acordada.

Estar com alguém trazia uma sensação de segurança, era como se dessa forma o suicídio fosse impedido. As imagens que inundaram sua mente nos últimos dias perdiam força quando ela estava acompanhada. Um alívio gigantesco para Ella. Afinal, estava fora do seu controle aquele processo surreal que vivia.

No entanto, no início da noite, sua amiga precisou ir embora e o desespero bateu à porta de Ella novamente. Com certeza ela podia pedir ajuda a outra pessoa, mas o fato é que não conseguia. Era mais forte do que ela. Algo que a dominava e estava muito além do seu querer. Excessivamente excêntrico. Ella simplesmente não conseguia contar a ninguém o que se passava em sua mente.

A segunda-feira chegou, a terça passou, a quarta apontou no horizonte. Nada mudara. Ela se sentia à beira de uma tragédia provocada por si mesma, sem querer, mas, ao mesmo tempo, algo dentro dela querendo.

Então, naquela quarta-feira pela manhã, em um dos intervalos de aula, totalmente descontrolada, Ella entrou em uma sala de aula qualquer e se sentou entre os alunos, que não eram seus colegas de classe. Aparentemente, eles estavam recebendo orientação da professora. Ella simplesmente se misturou a eles e ligou para uma grande amiga. Era a primeira vez que ela conseguia narrar o que estava acontecendo.

Finalmente sua voz saiu. Como se somente agora tivesse permissão para falar e relatar o que se passava em sua cabeça, as cenas que via o tempo todo, todos aqueles dias. Sentia como se estivesse com a garganta — o seu chakra laríngeo — completamente bloqueada. A amiga a ouviu atentamente e mostrou-se preocupada ao final do relato. Entendeu que era sério, recomendou que Ella permanecesse acompanhada e pediu um tempo para pensar em uma solução.

Mais um dia que se passou lentamente, as horas se arrastavam. A noite chegou e, com medo de dormir sozinha em seu apartamento, dessa vez foi Ella quem ligou para Mila.

— Posso dormir aí?

Mila respondeu que sim de forma amorosa. Depois do ocorrido, ela recebeu a visita de um primo que veio lhe fazer companhia, afinal, Mila tinha voltado para casa dela, onde o suicida se jogara da janela do prédio.

Exatamente uma semana após a ligação com o pedido de ajuda, ao descer do metrô e pisar na rua em direção à casa de Mila, um clarão iluminou a mente de Ella e, repentinamente, ela viu as peças que compunham o quebra-cabeça daquela fatídica semana, e então as peças se encaixaram perfeitamente.

Ella estava atordoada, atônita e furiosa, não podia acreditar no que estava vendo em sua tela mental. Quisera tanto a resposta para aquele terror que vivia, mas, quando finalmente entendeu o que acontecia, ficou indignada e sua primeira reação foi esbravejar.

— Como isso é possível?

À medida que caminhava rumo à casa de Mila, uma onda gigantesca de raiva tomou seu corpo. Se ela tivesse expressado verbalmente tudo o que dizia em pensamento, seria vista pelas pessoas que passavam ali como esquizofrênica, louca ou desvairada.

Ella brigava ferozmente com o suicida. Podia vê-lo em sua tela mental. Era ele quem tinha causado todo aquele transtorno naquela semana que fora a mais longa de sua vida. Ela não sabia como explicar, mas estava dentro da cabeça de um suicida ou talvez o suicida tivesse entrado na sua.

A raiva que Ella sentia daquele rapaz — um jovem de vinte e oito anos, bancário e depressivo — era tanta, que o medo se dissolveu em uma fração de segundos e transformou-se em uma avalanche de ira. Ella ficou à beira de cometer suicídio por conta daquele imbecil, e isso a indignava. Nunca passou pela sua cabeça que o que estava vivendo fosse possível. Nunca tinha lido ou ouvido falar sobre experiências como aquela. Em sua tela mental, ela o via debochar dela, nitidamente, o que a deixou ainda mais irada. Era isso? Ela tinha sido feita de fantoche de um suicida durante uma semana inteira? Ella não podia controlar sua indignação.

Quantas experiências surreais em sua vida! O que era aquilo? Uma espécie de experimento? Estava sendo testada por algo ou por alguém? Consciências de outros planos estavam agindo de forma silenciosa ou era simplesmente loucura? Ela não sabia mais o que esperar. Aquilo parecia absurdamente inimaginável e ao mesmo tempo ridículo.

Durante os poucos minutos em que foi caminhando até a casa de Mila, revisou o que ocorrera após aquele fatídico telefonema. As cenas simplesmente surgiam em sua mente e ela começou a compreender o processo que quase a levara a tirar a própria vida, reproduzindo, assim, o ato daquele rapaz.

Conforme Ella via a história, compreendia a insanidade pela qual estava passando. Aparentemente, o suicida — sua consciência, no caso —, desesperado ao perceber que tinha tirado a própria vida, queria encontrar uma forma de desfazer o que estava consumado. Ao ver seu corpo imóvel, desfalecido na sua frente, seu sangue espalhado na borda da piscina, deu-se conta de que um segundo de loucura incontrolado havia posto fim a sua vida. E ali o arrependimento tomou conta dele.

O corpo estava morto, no entanto, sua consciência, agora fora do corpo, observava tudo. Somos uma consciência presa a um corpo físico, vivendo uma experiência humana; a morte do corpo representa apenas a morte do corpo físico, a consciência segue o seu caminho, seja ele qual for.

Assim, ao ter consciência sobre seu ato brutal, desejoso por encontrar formas de desfazer o impossível, devolver a vida àquele corpo frio e ensanguentado, tentou tudo que estava ao seu alcance. Agora não mais como humano, mas como consciência, para a qual não há barreiras ou limites físicos.

Ao olhar seu corpo inanimado, deu-se conta de que a morte do seu corpo físico não o tiraria daquele estado de total desordem, angústia e aflição que ocupava seu corpo mental. A morte não traria paz para aquela consciência perturbada. O corpo descansaria perante aquele ato, porém a consciência seguia viva, carregando exatamente o que outrora a preenchia: tristeza, angústia, desordem, culpas e arrependimentos.

Para o azar de Ella, aquela consciência se acoplaria em seu campo (em seus corpos sutis), tentando encontrar uma forma de desfazer o que estava feito e, consciente ou não, gerando um grande estrago na vida dela, que atendeu inocentemente àquele telefonema.

Em menos de dez minutos caminhando, Ella chegou ao apartamento de Mila. A sua percepção sobre o que estava acontecendo mudara totalmente naquele curto trajeto. Ella entendeu que um suicida estava interferindo em seu psicológico e, consequentemente, abalando seu emocional.

Ela não comentou absolutamente nada com a amiga. Na verdade, não queria falar sobre o assunto, era muita coisa para digerir. Conversaram apenas sobre coisas triviais — faculdade, festas e bares. Depois de jantar, foram dormir. O assunto suicídio não foi mencionado.

A noite de Ella não foi muito diferente dos dias anteriores, mesmo tendo, aparentemente, desvendado o mistério. Aquelas horas sem sono foram desgastantes, mas não era de se esperar menos, afinal o suicídio havia acontecido naquele condomínio. Ella sentia que ele estava por perto, estava nervoso. A sensação era de que ele queria agredi-la, agora que ela sabia que ele era o responsável por toda aflição, desespero e visões suicidas a que tivera acesso.

A voz dele falava ao seu ouvido. Não havia dúvidas, ele estava arrependido. O suicídio fora um ato de desespero. E o que ele acreditava ser uma saída, descobriu ser um atalho para o seu aprisionamento atemporal. Quanto desassossego.

Durante a madrugada, ele não saiu da tela mental de Ella. A constatação feita por ele de que seu ato era irreversível o tornou agressivo. Porém, ele descontava seu equívoco na pessoa errada.

Por volta das cinco horas da manhã, Ella levantou, tomou um banho rápido, recolheu suas coisas e avisou Mila:

— Estou indo embora, nos encontramos na faculdade. Obrigada por me acolher.

Ella foi direto para sua casa, não conseguia ficar naquele local, sentindo a presença tão invasiva daquela consciência, que muitos chamariam de espírito obsessor. Tudo que ela queria era poder dormir sem sofrer qualquer forma de ataque psíquico. Seu corpo e mente estavam exaustos. Ela precisava urgentemente descansar.

No caminho para casa, Ella compreendeu que a brecha fora dada ao atender aquele telefonema de Mila uma semana antes; a partir daquele momento, ele tomara conta de sua mente.

O instinto suicida presente em Ella ao atravessar todos os cruzamentos com o semáforo no sinal vermelho, o acidente de carro, as imagens dela tirando a própria vida, o desespero, o choro compulsivo, a angústia visceral, em todas essas situações era ele como consciência agindo em um corpo vulnerável. Um convite para a morte era o que Ella havia experienciado.

LAÇO INVISÍVEL

Eu não sei você, mas eu fui arrebatada por uma onda
de questionamentos
Como é desgastante lutar contra um suicida.
Me feri de várias formas
Sigo acordada noite e dia.

É insana a perturbação
Me vejo morta em todas as esquinas
Perdi o controle, não vejo saída
Ele entrou no meu corpo
Quer tomá-lo
Puni-lo, preenchendo-o com as agruras de sua vida
E, dessa forma, reproduzir o que fez consigo
Em segundos tirou sua própria vida.

Sem alma e sem corpo, segue a me perturbar
até o raiar do dia.
A experiência me pegou desprotegida
Ninguém a minha volta respondia como me livrar
do pesadelo que eu vivia.

O choro me fazia companhia, me recordava o risco
que eu corria
Me tornei minha pior ameaça
Eu tinha medo do que faria, caso ficasse sozinha.

Sem padrões
Sem medida
Impossível sair ilesa dessa armadilha
O fim era previsto, parecia apenas questão de dias.

Presa em uma ilha de angústia
Rodeada por um mar de agonia
O terror me consumia
Que desespero
Que isso se encerre nestas linhas escritas
Chegar até aqui foi mais um dos milagres que a vida me concederia.

Experiências surreais fazem parte do meu dia a dia
Me pergunto: o que virá em seguida?
Já que descobri que não tenho o menor controle
sobre a minha vida.

Os dias se passaram, e no momento em que Ella compreendeu o que tinha acontecido, os sintomas foram amenizando pouco a pouco, dia após dia. O filme de terror estava finalizando. A compreensão é parte da dissolução do mal-estar, assim como a fala. A ligação que fizera para a amiga ao invadir aquela sala de aula, contando o que estava passando, foi o pontapé inicial para tirar de dentro dela todo o assombro que carregava. E fora exatamente assim, a revelação dos fatos gerou nela um alívio emocional e psíquico.

O mundo de Ella era outro depois daquela experiência surreal. Quem acreditaria em seu relato? Nem as pessoas que a tinham acompanhado durante aqueles dias cogitariam algo tão subliminar, o que dirá quem é descrente da realidade de vida para além da morte do corpo físico.

Lentamente, o processo foi clareando e a luz foi ganhando espaço naquele cenário sombrio. Ella desconhecia as razões pelas quais vivera aquela experiência perturbadora, um suicida se apossando de sua mente por uma semana. Mas o passar dos meses a levou a tirar o melhor em termos de conhecimento e controle psíquico e emocional perante aquela experiência sem precedentes.

O conceito sobre ressonância vibracional foi, possivelmente, um dos maiores aprendizados. Vivenciamos o que vibramos. E no momento em que ouviu sua amiga chorando, desesperada, pedindo ajuda, Ella vibrou medo, angústia e compartilhou a aflição da amiga durante a ligação. Seu padrão vibracional instantaneamente baixou, ficou vulnerável, e era exatamente o que o suicida precisava, alguém vibrando na mesma frequência que ele em termos de medo e desespero. Assim, Ella se tornou o alvo perfeito. Mas por que ela e não sua amiga? Essa é uma pergunta sem resposta.

Os acontecimentos durante aquela semana se desdobraram de forma inteligente e minuciosa. O que impediu que Ella não cometesse suicídio? Proteção divina, talvez, ou simplesmente o fato de ela precisar sobreviver para compartilhar com o mundo essa história e possibilitar que outros saibam que ataques psíquicos ocorrem, são reais, e causam estragos gigantescos quando não identificados ou trabalhados.

[ACESSO TRÊS]
Porta adentro

Quem diria que uma saída despretensiosa iria ocasionar o início de outra experiência marcante de encaminhamento. Mas foi exatamente assim, em uma tarde ordinária, um compromisso inusitado em sua agenda a levou a transitar por um bairro barra-pesada, na maior cidade da América Latina, o que a fez viver um acesso inusitado.

Ao caminhar por um cenário duramente triste e comovente, onde as ruas eram abarrotadas de sujeira e entulhos, com pessoas extremamente carentes e necessitadas de todo tipo de cuidado — físico, psíquico, emocional e energético —, e atravessar construções em estado calamitoso, outra vez Ella ficou vulnerável, abrindo espaço em seu campo mental e energético para que consciências desprovidas de um corpo físico a acompanhassem.

No caminho de volta para casa, Ella sentiu arrepios e calafrios por todo o corpo. Um pouco de náusea e cansaço lhe assolaram. Ao entrar em seu apartamento, deixou a porta aberta, como de costume, e seguiu para o quarto.

Ella ia organizar o material escolar para ir à faculdade, porém a sensação de mal-estar ampliou-se repentinamente. No peito, a impressão era de rigidez, como se um bloco de pedra tivesse se formado na região central de seu tórax. Uma angústia visceral tomou conta de sua mente, somado a uma fraqueza instantânea, bocejos e sonolência. Seu corpo ficou mole, como se repentinamente tivesse suas forças drenadas.

Com o corpo tomado por essas sensações, Ella se sentou na quina da cama e encostou a cabeça em seu braço. Apesar de já reconhecer os sintomas, recorrentes de outras experiências, a identificação do processo nem sempre era automática. Portanto, levou alguns minutos para entender o que se passava. Instantes depois, a sensação era de que seu apartamento estava sendo invadido por consciências desejosas por libertação.

Repentinamente, ainda debruçada sobre sua cômoda, Ella começou a sentir as consciências atravessando seu corpo, usando-o como uma espécie de ponte para outro plano, e, conforme identificou o que acontecia, entendeu que precisava consentir com aquele acesso. Assim, permitiu o atravessamento.

O processo foi intenso, os desgastes físico, emocional e energético eram imensos, porém menos que no passado, porque agora havia o consentimento. Os estudos e as práticas pelos quais havia passado possibilitaram que ela compreendesse os processos de forma mais rápida, reduzindo, assim, seu desconforto e sofrimento.

A situação não era nada confortável e a cada experiência Ella constatava que podia acontecer em qualquer lugar e a qualquer hora. Isso lhe tirava totalmente a possibilidade de controlar o processo, e isso a incomodava muito. Contudo, ela aprendera a duras penas que a forma de terminar com aquele processo mais rapidamente era a permissão.

Conforme Ella se conectava com seu corpo, respirando lenta e profundamente, a percepção sobre o que estava acontecendo era cada vez mais rápida. O que antes poderia levar horas ou dias, agora era identificado em poucos minutos.

Outro fator determinante para acabar com a agonia e o mal-estar era a aceitação. Negar e resistir tornava o processo ainda pior. O fato de ela reconhecer o processo, aceitar que estava acontecendo mesmo não sendo o que ela desejava, acelerava os encaminhamentos e, consequentemente, finalizava o mal-estar. Portanto, ao entender que aquelas consciências a haviam acompanhado até o seu apartamento, e requeriam ajuda para fazer a passagem para outros planos, Ella assim o fez, se predispondo a ser um canal daquele processo, contribuindo da forma que era possível dentro do seu saber.

O resultado aconteceu cerca de quarenta minutos depois. Tudo havia acabado, a angústia, o mal-estar, a sonolência, os bocejos, a sensação de ter uma pedra em seu peito, nada mais estava ali, inclusive as consciências. E somente então Ella pôde retornar a sua rotina.

Estranhos no lar

E tudo que eu queria era chegar em casa e descansar
Mas a rotina, outra vez, interrompida
Não tive tempo para relaxar.

O apartamento antes vazio, agora repleto estava
Estranhos, desconhecidos, nenhum rosto amigo
Não sabia de onde vinham, mas sabia por que ali estavam.

A agonia se espalha
Cansados, angustiados, buscam um meio de se translocar
Eles sabem: aqui já não é o seu lugar.

Eita jornada esquisita, de um corpo físico precisam
para os ajudar.
Porta adentro, com ou sem licença, decidem o espaço ocupar
Um único desejo: se libertar.

Eles sabem que estar consciente é determinante para uma
saída encontrar.
Conscientes da mudança
Para, dessa forma, em outro plano poder morar.

[ACESSO QUATRO]
Teatro em chamas

Um convite genuíno e amável para uma colação de grau enviado por uma amiga tornou-se uma experiência digna de ser registrada e compartilhada, tamanha a anormalidade dos fatos vividos.

Geralmente, pouco se espera de uma colação de grau além de formalidades, fotos e sorrisos, mas aquela em específico seria completamente fora dos padrões, pelo menos para os padrões existentes até aquele momento na vida de Ella.

Ella aceitou o convite com muita alegria e compartilhava da felicidade de sua amiga em relação a essa conquista. O evento ocorreria em um teatro, onde elas chegaram juntas para a cerimônia. Ella conversou alegremente com os familiares da formanda e logo se acomodou em uma das poltronas próximas a eles. A princípio, não havia nada de especial ali, pelo menos nada que se pudesse perceber à primeira vista.

A colação atrasou, mas Ella estava super disposta, pois era uma noite de celebração. No entanto, minutos depois de sentar-se, começou a sentir um sono incontrolável, que veio acompanhado de um bocejo atrás do outro. Era algo fora do normal e fora do seu controle.

Surpreendentemente, seu corpo parecia ter relaxado de repente, sentia-se leve e com a respiração branda, porém profunda. Apesar de não haver razão para aquela sonolência desmedida, por vezes, sua cabeça caía de tão pesada e Ella cochilava por frações de segundos.

Ella brigava consigo mesma para se manter acordada e atenta à cerimônia, pois queria ouvir o nome de sua amiga e vê-la receber as homenagens naquela noite memorável. Mas nada parecia adiantar, seus olhos simplesmente não ficavam abertos. Então uma cena invadiu sua mente. A imagem era de um local em chamas e gerou um impacto imediato em Ella. Tudo estava sendo consumido pelo fogo. Ela pôde sentir o calor presente nas chamas, pessoas gritando, pedindo socorro. Um cenário terrível.

Algo lhe dizia que aquele incêndio havia ocorrido naquele local, muito tempo atrás, onde centenas de pessoas morreram e muitas ainda permaneciam aprisionadas. No entanto, chegou o dia em que deveriam seguir seus caminhos, era hora de acessar outros planos.

Então, de forma concomitante à imagem em sua mente, arrepios e calafrios começaram a lhe percorrer o corpo. Eles iam da cabeça aos pés, mas se sobressaiam na região do peito e das pernas. De repente, algo lhe atravessou. Ela não conseguiu identificar o que era. Instantes se passaram e mais uma vez aconteceu. Duas, três, dez, vinte vezes, os atravessamentos eram como flashes, passavam rapidamente, um após o outro.

Ella demorou um pouco até ligar os fatos e entender que os atravessamentos tinham relação com o incêndio. Ela tinha passado por experiências como essa antes. De forma sutil, menos intensa e em lugares menos inusitados.

Dessa forma, percebe que o teatro estava abarrotado não apenas de pessoas, mas também de consciências que aguardavam o seu encaminhamento para um outro plano. Mas ela nunca imaginou ter essa experiência em um teatro, em uma cerimônia de colação de grau. Isso era fora de cogitação.

Após os primeiros atravessamentos, Ella sentia seu corpo como um tubo que conectava aquelas consciências a algum lugar fora dali. Era como uma espécie de porta, uma passagem. E ela seguia sonolenta, mesmo que se esforçasse, simplesmente não conseguia prestar atenção na solenidade.

A resistência durou até ela entender que era melhor não resistir e facilitar o processo para ambos os lados, o físico e o extrafísico. A consciência de que aquele processo de atravessamentos em seu corpo tratava-se de encaminhamentos de consciências presentes naquele espaço físico era fundamental para reduzir o estresse no seu próprio corpo físico diante daquela experiência incomum.

Quando concordou com o processo, que já acontecia antes mesmo do seu aval, Ella também foi para outro plano. O local visto era amplo e arejado, parecia estar acima das nuvens. Havia centenas de macas dispostas por todos os lados que seus olhos alcançavam. Pessoas deitadas ocupavam quase todas elas.

De repente, Ella se viu em pé passando de maca em maca. Acompanhava um grupo de pessoas que aparentemente cuidavam dos que estavam ali deitados. Um raio de luz constante e forte saía da testa das pessoas que estavam em pé, e a luz parecia ser o remédio para aqueles pacientes. Ali ela sentiu uma profunda paz. Estava envolta pela sensação de missão cumprida. O silêncio presente naquele local era reconfortante, se comparado ao barulho do teatro.

O ato de concordar, uma vez que ela entendeu o que estava acontecendo, a tornava útil para aquelas consciências que estavam ansiosas para fazer a passagem e sair do local em que se encontravam, sabe-se lá por quanto tempo.

Seu corpo desdobrou-se e deixou de se apresentar apenas físico, para se manifestar também em seus estados não físicos.

O processo de encaminhamento durou horas, o mesmo tempo correspondente ao da cerimônia de colação de grau. Os aplausos a trouxeram de volta. Seu corpo sutil encaixou--se novamente em seu corpo físico, finalizando os bocejos, os calafrios e o sono que sentiu quase que instantaneamente ao se sentar naquela cadeira. Bizarrices inesperadas de sua vida em uma noite de festa.

Uma cena inusitada

Está fresco em minha memória
A noite no teatro foi um presente inesperado
Os primeiros minutos desconfortáveis pela resistência
presente em mim
Mas tudo mudou ao aceitar e entregar, deixei o processo fluir

Outra vez, consciências atravessaram meu corpo
O bocejo, a sonolência, os olhos lacrimejando
Manifestações físicas que denotam a mudança de planos.

Do outro lado a paz me preenchia
As vozes do teatro deixaram de ser ouvidas
Nada do mundo físico me afetaria.

Um local de aconchego
Vejo consciências sendo nutridas
Abastecidas com vitalidade
Por meio de fluidos energéticos
Tudo era uma verdadeira harmonia.

Coisa linda de se ver
Uma experiência gostosa de se viver
Oportunidade única
Dessas que marcam a alma
E reverberam dentro e fora de você.
"Foi altamente gratificante", é tudo que posso dizer.

[ACESSO CINCO]
Travessia pela Água

Ella foi surpreendida por um encaminhamento inesperado em sua casa. Era noite, por volta de sete horas. Tomava banho de piscina com uma amiga e conversavam sobre suas vidas, o que almejavam para o futuro, estudos, amores e trabalho. Assuntos banais que preenchiam as horas daquele dia. Tudo fluía sem qualquer imprevisto, até sua amiga avisar que iria sair e tomar um banho. Estava com fome e prepararia algo para comer. Naquele momento, ocorreu uma invasão silenciosa de consciências naquele espaço.

Ella sentiu um súbito aperto no peito, uma dor como se seu coração tivesse se tornado uma pedra. Sentiu também um frio na espinha e, de repente, de forma sutil, porém muito real, percebeu presenças ao seu redor. De uma hora para outra, consciências se aglomeraram em sua piscina.

Era uma sensação esquisita, de corpos ao seu redor. Ao perceber aquela ocupação em massa, Ella se rendeu. Entendeu que precisava permanecer ali e contribuir de alguma forma, mesmo que não soubesse exatamente como. Porém, se estavam ali, era porque algo precisava ser feito, mesmo que em meio às suas limitações.

Os primeiros instantes sempre são os mais intensos, no entanto, todo o processo é desgastante. É horrível em todos os corpos — físico, energético e emocional. Uma agonia tremenda misturada com medo e apreensão. Em geral, não é algo prazeroso de se viver.

Ella não disse nada a sua amiga para não assustá-la. Não queria que ela fosse embora correndo e muito menos ficar ali sozinha. Em silêncio, se predispôs a solicitar que fosse feito aquele encaminhamento.

Em poucos minutos, parecia que havia centenas de consciências ali, que iam se aglomerando em meio à água. A sensação era como se aquelas consciências estivessem há muito tempo aguardando essa passagem e encontraram naquele local o que precisavam para seguir suas jornadas.

O sentimento que reverberou dentro de Ella, ao tê-las ao seu redor, era de que aquelas consciências habitavam as redondezas daquela região. Talvez fossem alguns dos ancestrais do local, que de alguma forma ficaram aprisionados, cada um à sua realidade.

O cenário era ideal, pois a água, um dos quatro elementos da natureza, o elemento relacionado às emoções, limparia toda a carga consciente ou inconsciente represada, gerando um processo de cura formidável. O ambiente parecia propício para dissolver toda e qualquer emoção que os aprisionava.

Por ser um elemento de cura poderosíssimo, a água é usada em vários processos terapêuticos, tamanha sua eficácia na depuração de memórias, sensações, sentimentos e emoções. Sua fluidez conduz e transforma. E com aquelas consciências não seria diferente.

Assim ocorreu. Dentro da piscina, aquelas consciências, uma a uma, foram sendo atravessadas pela água e através da água atravessando, seguindo seus caminhos. Aquele encaminhamento foi marcado por minutos de tensão e agonia, milhares de pensamentos atravessando a mente de Ella, que queria que aquilo terminasse logo. Como era desconfortável ser pega de surpresa, ainda mais em um ambiente que era tão seu, sua casa. Minutos depois, o mal-estar no corpo físico havia passado por completo, e esse era um sinal do fim do processo. E outra vez, para o seu alívio, sentiu o espaço vazio. Então, simplesmente saiu da piscina e foi tomar seu banho. E assim, novamente, havia testemunhado outra das experiências esquisitas que a vida a apresentava sem aviso prévio.

A PASSAGEM

A piscina vejo ocupar
Antes o espaço vazio
Agora consciências ocupam o lugar
Reconhecem na água a possibilidade de transmutar
Medos e memórias que por tempos as fizeram se apegar.

A agonia dá espaço à ansiedade, ao poder de se libertar
Um portal ali é possível enxergar.
Consciências sedentas para desse plano se desligar
É parte da jornada, à grande alma devem se reintegrar.

A história aqui vivida, junto às memórias
por ora adormecidas
Fazem parte do seu experienciar
Agora talvez não compreenda, mas as leis que regem
a vida são simples
Julgamentos não levam a nenhum lugar.

Sinta e permita. O que você veio experienciar?
Trate sua existência com carinho
Para que a passagem seja livre, quando do seu corpo precisar
se separar.

Só depende de você que a passagem seja fácil de realizar.
Jogue fora os julgamentos, eles irão te aprisionar
Também se desfaça da culpa, com ela não pode atravessar.
O espírito requer leveza para à grande alma
novamente se juntar.

[ACESSO SEIS]
O SUSSURRO DAS ALMAS

Uma viagem à vista. Viajar, sem dúvidas, era um dos passatempos favoritos de Ella. O destino dessa vez era o deserto do Atacama, e o propósito era estar reunida com um grupo de pessoas para praticar técnicas de meditação, acampada no meio do deserto.

Mas, enfim, depois da ansiosa espera, o destino rodeado de mistérios, o Atacama chegou cheio de promessas. Essa era uma viagem carregada de boas expectativas. O voo foi tranquilo, ocorrera sem qualquer imprevisto.

Ella aterrissou no Chile e no dia seguinte estava no local do evento. Calmamente, montou sua barraca de camping, organizou suas coisas, tentou se familiarizar com o ambiente. Era uma sexta-feira. O evento terminaria no domingo, totalizando três dias de imersão.

O grupo era composto por 340 pessoas de vinte e quatro nacionalidades diferentes. Algumas delas, Ella conhecia de eventos anteriores. Até aquele encontro, sempre se sentira acolhida e pertencente àqueles estranhos que, nesses lugares exóticos, tornavam-se íntimos companheiros de jornada.

Em encontros como aquele a afinidade entre as pessoas era marcada pelos anseios da transformação pessoal, do contato com o divino, da conexão com outros formatos de consciências universais. Naquele lugar, o denominador comum eram as buscas espirituais. Cada um com sua bagagem de vida buscando por algo que extrapolava o físico e o material.

Depois de cumprimentar alguns de seus conhecidos, Ella sentou-se e aguardou o início do evento. As primeiras horas transcorreram rapidamente. Em um piscar de olhos, a noite se fez presente. Por sorte, outra vez, ela poderia contemplar a beleza presente nas noites de céu estrelado em um deserto.

Depois das apresentações iniciais, dos informes e boas--vindas, chegou a hora da última meditação do dia, naquela primeira noite de evento. E foi nessas primeiras horas que Ella viveu o ponto alto da viagem.

Acomodada em sua cadeira, distante poucos metros de amigos, Ella focou em se concentrar na voz que conduzia aquela meditação. Um mantra era usado como fundo musical. A resposta em seu corpo foi rápida, quase instantânea. De olhos fechados, Ella sentiu-se repentinamente assolada por uma angustiante aflição e subitamente ficou triste.

Ao sentir aquela profunda tristeza e aflição, começou a se questionar sobre o que poderia estar ocorrendo dentro de si. Ela sabia que estava em um lugar sagrado, um verdadeiro vórtice energético. Pelo histórico de outras viagens com os organizadores do evento, ela tinha convicção de que o campo vibracional daquela área estava blindado contra forças contrárias à luz. A alta frequência energética presente em grupos como aquele era a ordem da casa. Algo, no entanto, parecia estar errado.

No instante seguinte, sentada, quieta, percebeu-se cabisbaixa e, de repente, começou a ouvir vozes em sua cabeça. Essas vozes também pareciam angustiadas. No início, pareciam algumas dezenas de vozes e, em poucos minutos, a impressão era de que se tornaram centenas, milhares sussurrando ao seu ouvido. Ella fora pega de surpresa. Não podia acreditar no que estava ouvindo. Isso a desestabilizou totalmente.

Ella se viu refém de antigos pensamentos e de um desejo íntimo e secreto que carregava consigo por décadas, talvez. Ali, no olho do furacão, tendo sua consciência invadida por tantas outras, todas conectadas pelo desejo comum de se desintegrar. Uma a uma, elas verbalizavam o desejo de deixar de existir naquele tempo e espaço em que habitavam.

As vozes sussurravam, um sussurro agonizante que a paralisou em meio ao acampamento preenchido pela escuridão da noite, cercada pelo mar de areia. Vozes que requeriam sua libertação daquele corpo físico. Consciências clamando pelo fim de sua própria existência naquela condição de partes integrantes da consciência humana a que estavam conectadas, mas que, no atual contexto, se sentiam apenas prisioneiras.

— Não, isso não é possível. Não pode ser verdade. O que está acontecendo aqui? — Ella se perguntava atônita.

Consciências a atravessavam sem pedir licença. Cada súplica gerava calafrios no corpo de Ella e, a cada pedido, uma lágrima escorria pelo seu rosto, era incontrolável. Para Ella, era difícil aceitar o que estava se apresentando, sua mente não queria aceitar, mas seu coração reconhecia. Dessa vez, o acesso não se tratava de consciências de outras pessoas que aguardavam o encaminhamento, como de costume. Não, aquele movimento representava algo muito particular. Eram fractais seus, partes da própria Ella implorando pela morte cósmica. Diante dessa percepção, era impossível não se fragilizar quase instantaneamente.

— Não quero ficar. Chega de sofrimento — dizia uma.

— Me deixe ir — pedia outra.

— Liberte esse corpo, ele não merece mais tanto sofrimento — afirmavam vozes vindas de todas as direções.

— Desintegração, morte cósmica — rogavam.

— Não faz mais sentido estar aqui, eu quero ir embora — clamavam inúmeras consciências ao mesmo tempo.

— Por favor, chega, esse corpo merece ser liberto — ao dizer isso, a voz rasgava o peito de Ella.

O choque fora imediato. Nada daquilo fazia sentido, aquele evento se tratava de pessoas que propagavam a paz, a beleza da vida, a solidariedade, a conexão com o divino, com a essência do ser, o brilho do existir. Eram pessoas de almas nobres, positivistas. Ella sentia sua mente fervilhando com questionamentos — por quê? para quê? —, no entanto, não encontrava as respostas.

A reação daquelas súplicas em seu corpo era tão impactante, que não conseguia parar de chorar mesmo em silêncio. Desesperada, Ella começou a se questionar se tinha atraído aquelas consciências por ressonância, afinal, por muitos anos também desejara ardentemente deixar de existir, e isso representava desintegrar-se como consciência. Seria isso? Essa era a explicação mais lógica que encontrara naquele momento perturbador. Independentemente de qual fosse a razão, percebeu que era tarde demais, já estava sintonizada a todos aqueles fractais que desejavam a morte cósmica.

Ella sabia que em portas dimensionais, como o deserto do Atacama, era possível sintonizar ambos os lados da energia, tanto o positivo quanto o negativo. Luz e sombra estão em todos os lugares, e o lado sintonizado estava relacionado ao que fora cocriado pela pessoa, ou seja, a ressonância da consciência que estivesse tentando conexão com o universo sutil é que determinava. Ella não estava bem emocionalmente nos últimos meses, mas, de forma alguma, imaginou que poderia viver algo daquela dimensão.

Aquilo parecia um pesadelo. A sensação no corpo era horrível. Ella absorvia todo o mal-estar daquelas almas sedentas pelo desejo de deixarem de existir. Não queriam mais estar ali, e era terrível para Ella sentir aquela agonia coletiva. Dez, vinte, trinta, quarenta minutos, e aquela vivência parecia não ter fim. Os minutos se prolongavam. A sensação era de que a meditação durava uma eternidade. As vozes não paravam de implorar, todas almejavam o mesmo resultado, desintegrar-se pelo menos daquela realidade.

A força daquelas súplicas fez, aos poucos, com que Ella se percebesse verbalizando também o pedido pela sua morte cósmica. Seus lábios, involuntariamente, murmuravam e tremiam, repetindo o que estava sendo suplicado em sua mente por milhares de vozes. A essa altura, seu peito doía e ela sentia visceralmente aquela agonia coletiva manifestada em seu corpo físico.

O desalento bateu. Ela já não conseguia separar as vozes de sua própria consciência. Todas se fizeram uma só voz. Seus lábios e suas lágrimas solidificaram aquele pedido. Naquele momento, sentiu que havia desistido. Não dava mais. Era demais tudo aquilo. Não tinha mais forças. Não fazia sentido viver sobrevivendo. Algo dentro dela desejava provar do real sentido de estar viva, e, se não fosse assim, não queria mais essa existência cinza que arrastava ano após ano. Naquele instante, ela se tornara, fisicamente, a representação daqueles fractais conscienciais.

Em meio àquele cenário caótico, a meditação terminou. Ainda em silêncio, Ella secou suas lágrimas. Em seguida, com o pouco de força que lhe restava, levantou-se e, sem se despedir dos que estavam ao seu redor, simplesmente dirigiu-se até sua barraca e passou as horas seguintes tentando entender o que acabara de acontecer.

Era insano. As sensações no corpo físico foram agonizantes. Aquilo estava muito além de sua compreensão. Não era dessa forma que ela imaginava viver sua experiência no Atacama.

Depois daquela noite, Ella sentia sua alma desacoplada de seu corpo físico. Aquilo fora demais.

Os dias seguintes do evento se deram em profunda reflexão. Ella, fisicamente, externava o silêncio, porém, internamente, sua mente agitada buscava explicações. Um conflito inquietante fora vivido. Ela fora profundamente afetada. E, como de costume, ativou seu mecanismo de defesa, o isolamento.

O impacto gerado no primeiro dia tirou todo o seu entusiasmo dos dias seguintes. Ella apenas desejava voltar para casa. Tinha perdido o sentido. Ao término do evento, ela saiu dali sem se despedir de alguns de seus amigos.

ATACAMA

O avião pousou
Outro destino em meu mundo traçou
Por muitos anos em meus sonhos
O Atacama sobrevoou

O deserto em meus olhos, então, se materializou
O milagre da cocriação firme ecoou
Em São Pedro do Atacama finalmente estou
E uma nova experiência dentro de mim se manifestou

No acampamento chegamos
Rapidamente nos instalamos
Depois do local explorar
Já era noite quando te senti passar

Na mochila carrego comigo
A esperança e alguns livros
No deserto
Pacha Mama será o meu abrigo
Nela irei me recostar
A coberta vem dos céus
No acolchoado de estrelas irei me esquentar

Meu descansar está garantido
Não há do que reclamar
Em seguida, fecho os olhos
Para as pestanas relaxar

Lá pelas tantas, tarde da noite
Somos convidados a meditar
Cada um no seu assento
De imediato pressinto que algo irá passar

Sentada, o céu me pego a observar
É uma noite estrelada
Não tem como não reparar
O Chile guarda o céu mais bonito
Para as constelações admirar

Concentrada, recolhida sigo,
Inesperadamente ouço vozes sussurrarem ao meu ouvido
Que agonia... Meu peito sinto disparar
Angustiada, as sinto me tocar

O discurso é claro
Elas imploram em outro mundo estar
Desse corpo querem se afastar
Suplicam ansiosas
Em outro plano poder habitar
Eu também as quero fora
Que sigam para outro lugar
Meu corpo angustiado chora
Rendida não há como disfarçar

Para o meu maior desconforto
A secura nos lábios veio se manifestar
O corpo frio
Sozinha permaneço a chorar

Partes outrora adormecidas imploram agora por vida
Não apenas vozes, meus lábios conjuntamente começam
a clamar
Clamar pela morte do desassossego
Que um dia se instalou em meu olhar

Somos 340 no deserto
E dentro de mim um número infinito de almas veio
se manifestar
Minutos de desespero eu tive que enfrentar
Ainda não pude metabolizar

O corpo comovido
A mente exaurida
Minha alma não sei onde foi parar

As expectativas daquela viagem
Todas eu vi desmantelar
Atacama, um portal de luz,
Às trevas desci, não pude evitar
Face a face com a morte
Outra vez, fui convidada a estar

Caso um tanto quanto atípico
Tão distante da luz
Me senti ressoar
Foram longos aqueles minutos
Horas senti passar

Não foi fácil experienciar
Coisa difícil de relatar
Sei que as vozes cruzaram o túnel
E meu corpo, em seguida, tive que resgatar

Exausto no escuro
Esgotado o vi
Sem forças para retornar
Retornar para o seu rumo
Rumo que se desfez
Quando aquelas almas, sem almas,
O outro lado o fizeram acessar

Com ou sem consentimento
Aquela experiência o forçaram provar
Um gosto amargo que impregnado está

Os dias seguiram
No Atacama tão cedo não quero pisar
Quero primeiro
Essa experiência dentro de mim
Poder esmiuçar

Prometo, querido Chile
Um dia hei de retornar
Mas até lá sigo reflexiva
Aguardando simplesmente
O mistério desvendar.

De volta em casa, Ella, por sete longos meses, refletiu minuciosamente sobre o que havia acontecido naquela noite em meio ao deserto do Atacama. A cena passava e repassava em sua mente rotineiramente, cada detalhe, cada pedido. Depois de um tempo, compartilhara a experiência com terapeutas, psicanalistas, psicólogos, amigos, e nada, nenhuma conclusão que reconhecesse como sendo a possibilidade mais próxima do real significado que aquela vivência representava. Ella ainda não tinha acessado o cerne da questão. E estava inquieta com isso. Queria compreensão e clareza sobre o acontecimento. Conforme ela questionava, o universo ia arquitetando formas de trazer a compreensão. E, dessa maneira, ao se deitar, em uma noite comum, teve um sonho.

No sonho, ela se via fazendo um curso com uma amiga, ministrado por um profissional com o qual havia estudado anos antes. Fazia meses que ela não acompanhava o trabalho dele. Ao acordar, decidiu assistir a uma de suas *lives* para se atualizar e, para sua surpresa, escutou algo que a faz ter um lampejo de compreensão, o qual vinha buscando ansiosamente no último semestre:

— Não é possível salvar todos os nossos fractais. Nem todos querem ser salvos. Se eles não estão mais em sintonia com o nosso desígnio atual, não há o que fazer. De uma forma ou de outra, eles se desligarão de nós.

Eureca! Era isso! Aquela fala se encaixou perfeitamente. Ella, que estava deitada na cama, meio sonolenta, instantaneamente despertou. Seu corpo vibrara ao ouvir aquela informação. Como não havia compreendido ainda? Agora, o que fora dito parecia tão óbvio.

Ela tinha passado pelo menos oito anos de sua vida limpando, ressignificando, reajustando e transmutando aspectos em desconexão com seu eu atual. Buscas incessantes pelo seu despertar consciencial, pelo recordar, pelo encontro com um propósito maior de ser e estar. Seu esforço pessoal, dedicação, estudos, investimentos, tempo, tudo que tinha feito fora selado naquele maravilhoso evento, constituído por pessoas que também estavam em busca do próprio despertar.

Como ela não tinha percebido que a experiência no Atacama tinha sido uma incrível oportunidade de se desconectar de fractais seus de outras existências de diferentes tempos, espaços e dimensões, que não eram mais ressonantes com sua conduta atual, com seu modo de vida e com os anseios de alma desta jornada?

Aquelas palavras soaram como uma potente compreensão do que até ali estava incompreensível. Aquilo, sim, se encaixava perfeitamente com a experiência que ela tinha vivido. Agora tudo fazia sentido. No Atacama, ela teve uma grandiosa chance de tornar leve sua tão penosa experiência aqui neste plano físico. Era isso que ela passara anos buscando.

E o Atacama, em sua potência transformadora, tinha tornado suas súplicas em realidade. Permitira ali, protegida, junto àquele grupo, um potente desligamento com aquelas consciências também desejosas por ruptura. O Atacama e aquele grupo de pessoas foram o propulsor central daquele êxito. Permitiram ambas as libertações, a de Ella e a dos seus fractais dissonantes.

— Como não percebi? Era tão óbvio — constatou Ella, agora que havia sido dito.

O propósito existencial atual de Ella era diferente do daquelas consciências. Não havia mais afinidades entre elas. A alma, nesta existência, veio experienciar novas buscas, novos prazeres, novos princípios, e aquelas consciências não se identificavam com esta jornada. Portanto, não fazia sentido algum para elas continuarem acompanhando-a. Isso gerava um sofrimento para ambos os lados, para Ella e as consciências que coexistiam através dela.

Aparentemente, ela tinha feito um excelente trabalho, pois teve a honra de alcançar algo tão peculiar e poderoso. Fora uma experiência de magnitudes imensuráveis. Isso representava toneladas de interferências a menos na sua existência atual, o que a levaria à tão sonhada leveza existencial.

Como isso poderia ocorrer se ela levava em suas costas centenas de milhares de consciências que não queriam viver o que ela estava vivendo nesta jornada? É notório que cada consciência tem o direito de se manifestar a favor ou contra o propósito atual. E a súplica daquelas almas em meio ao deserto representava a carta de alforria não apenas de Ella, mas delas também. Era uma libertação para ambas as partes.

Aquelas consciências tinham clareza sobre a necessidade dessa desconexão, por isso o pedido coletivo de libertação. Elas buscavam se desconectar de Ella, e não poderia haver oportunidade mais pertinente do que aquele evento. O local, somado àquele poderoso grupo, tornara o que parecera impossível real.

O pedido feito por anos enfim foi atendido. Esse era um exemplo claro de cocriação que envolveu mérito e esforço pessoal. A partir daí, criaram-se novas possibilidades existenciais, e isso era fantástico. Talvez o retorno ao Atacama ocorresse muito antes do imaginado, pois o que a princípio parecera um pesadelo, era, na verdade, a construção do seu maior desejo: viver em paz consigo mesma, desfrutando da leveza de ser e estar.

Consciente de consciências

O encaminhamento de consciências não é algo comumente ensinado. A maioria das pessoas nunca ouviu falar, mas isso não quer dizer que não ocorra ou que não precise ser estudado, aprendido, ensinado e divulgado. Às vezes, você pode ter alguém próximo e querido que está sofrendo calado. Por sorte, nem todos irão experienciar acessos repentinos ou atravessamentos. Se fosse uma questão de escolha, quase ninguém escolheria viver. E, se você for uma das pessoas que vive essa realidade de não saber o que é isso, seja grato.

Lembre-se: sua história de vida não é a mesma de um amigo, vizinho, parente ou professor. É isso que traz pluralidade para este mundo.

Após vivenciar tais experiências, Ella compreendeu que a morte nem sempre significa libertação ou fim. Que, apesar da morte do corpo físico, a consciência segue viva, e nem sempre se desliga da realidade desse plano material de forma automática ou instantânea, o que gera sofrimento tanto para as consciências quanto para os humanos que são acessados por elas.

O aprisionamento dessas consciências pode ocorrer pelos mais diversos motivos. Por trás, têm-se a história de cada um e o seu histórico de alma. Entretanto, em algum momento, a consciência sente a necessidade de se libertar do plano ao qual ficou aprisionada e se aproxima de quem, consciente ou inconscientemente, possa ajudá-la.

É sabido que as consciências podem ser de outras pessoas ou de si mesmo, afinal, como indivíduo, somos muitos, ou seja, há muitas consciências que nos habitam e que fazem parte do nosso ser.

A aproximação de uma ou mais consciências gera o que aqui se denominou de atravessamentos indesejáveis. Talvez existam outras terminologias. Esses não são necessariamente atos propositais ou intencionais das consciências para gerar mal-estar, medo ou angústia em quem recebe a energia do processo, mas, possivelmente, grande parte das vezes representa um pedido de ajuda, uma súplica para serem libertos da prisão em que se encontram. Muitas vezes, são consciências atormentadas por suas próprias histórias, desejosas da libertação de um sofrimento aparentemente infindável, ou seja, consciências aprisionadas em seus próprios infernos.

Infelizmente, o mal-estar físico pode ser parte do processo desse contato, pelo menos essa foi a experiência vivida por Ella até aqui. Dores e desconfortos físicos são sinais do acesso, do contato e da aproximação. Por vezes, se a pessoa se encontra em um estado consciencial diferente, com crenças distintas sobre morte e vida, os acessos são menos impactantes.

Ademais, sabe-se que o reconhecimento e a aceitação do processo tornaram as experiências menos sofridas. E o pedido de encaminhamento ou a tentativa deste gera uma sensação de dever cumprido, o que representa um alívio para ambas as almas. Negar a experiência apenas prolonga o sofrimento.

A sucessão repentina desses atravessamentos disparou em seu corpo uma sensação de sede constante, como se ele requeresse mais água que o habitual. E pouco a pouco ela foi aumentando o consumo de água diariamente. No entanto, somente anos mais tarde, Ella aprendeu que a água é um condutor de energias, logo, contribui, minimizando os efeitos do processo no corpo físico. Ou seja, a água é uma grande aliada durante essas experiências.

Uma possível pergunta seria: como fazer o encaminhamento? E a resposta é simples: o encaminhamento é algo pessoal, cada um vai descobrir sua maneira e o que funciona para si. Cada corpo é um corpo e cada pessoa tem suas crenças, valores, visão de mundo e histórico de alma. Procure identificar o que funciona para você.

A ideia é solicitar o encaminhamento da consciência ou das consciências para um plano harmônico, dentro das possibilidades de cada espírito. Existem leis cósmicas universais, e estas precisam ser respeitadas, portanto, para além da vontade pessoal, tem-se o que é possível naquele tempo e espaço para aquela consciência.

Se a sensibilidade fizer parte da sua história, a sugestão é que você estude e coloque em prática o que aprender, pois, quanto mais conhecimento obter, mais rápido poderá transpor o mal-estar do processo. O propósito de estudar sobre o tema é amenizar os efeitos colaterais em seu corpo, seja ele físico, emocional, mental ou energético, já que os acessos podem ocorrer por um período longo ou curto, em períodos alternados, ser permanentes ou acontecer uma única vez. Não há regra. Cada um tem seu processo.

Alguns, possivelmente a maioria, irão afirmar que você não poderá fazer esses encaminhamentos, que precisará obrigatoriamente de ajuda, que somente alguém do universo espiritual, como um mestre, xamã, curandeiro, pai de santo, padre, pastor ou captador psíquico, poderá realizá-los. Entretanto, aqui se viu uma realidade diferente.

Como visto, a recorrência dessas experiências levaram Ella a estudar e criar ferramentas pessoais para aliviar o processo, mas ela também recorreu à ajuda de profissionais qualificados quando entendeu que era necessário. Eles foram fundamentais para tornar possível essa travessia. Portanto, como proceder é uma decisão pessoal. Faça o que for melhor para você. Escute seu corpo, ele é sábio, lhe dirá como fazer. Fique atento aos sinais e, ao identificar que é um atravessamento ou acesso, encaminhe. É o melhor que se pode fazer.

Por meio destas páginas, mostrou-se que o universo sutil nos toca o tempo todo. Laços invisíveis são criados muitas vezes de forma silenciosa e os atravessamentos são uma oportunidade de libertar ambas as consciências, as que possuem corpo físico e as que não possuem.

Se você é uma dessas pessoas atravessadas pelo invisível, o convite deixado aqui é para que torne o efeito de suas experiências o mais ameno possível, assim, este livro terá cumprido o seu legado.

O OUTRO LADO

Os atravessamentos chegaram de uma forma inesperada
Quando percebi já faziam parte do meu viver.
Talvez como consequência dos caminhos que percorri
Ou simplesmente representam parte do meu ser.

O sofrimento caminhou lado a lado
Foram anos até aprender como proceder
Muito estudo envolvido
Viagens para tantos destinos
Gente como eu cruzou meu caminho
Amigos preencheram os espaços vazios
Finalmente, sozinha deixei de ser.

Pessoas incríveis encontrei
Com elas aprendi, compartilhei,
Em certa medida, despertei!
E, dessa forma, sigo a trilhar com afinco
Refém do destino não mais serei.

Com consciência minha história pretendo escrever
Decifrando os mistérios que chegam ao amanhecer
Consciente de consciências
Que por toda parte se apresentam
E interferem ativamente em mim e em você.

Não há mais lugar para o não saber.
No seu e no meu mundo
Se elas ignorarmos, prisioneiros iremos ser
Prisioneiros da ignorância
Que cega os olhos da alma e nos impede de perceber
O que é parte natural do seu e do meu viver
O mundo invisível que nos cerca
Mundo no qual elas habitam
E quem sabe um dia não seremos eu e você?

Esta obra foi composta em Minion Pro 11,5 pt e impressa em papel Pólen natural 80 g/m² pela gráfica Color System.